2번 종점

2번 손님

정이수 소설집

도화

2번 종점

초판 1쇄인쇄 2016년 11월 26일
초판 1쇄발행 2016년 11월 28일

저 자 정이수
발행인 박지연
발행처 도서출판 도화
등 록 2013년 11월 19일 제2013-000124호

주 소 서울시 송파구 중대로34길 9-3
전 화 02) 3012-1030
팩 스 02) 3012-1031
전자우편 dohwa1030@daum.net
인 쇄 (주)상현디앤피

ISBN ┃ 979-11-86644-25-6*03810
정가 13,000원

이 책은 2016년 인천광역시 인천문화재단과 한국예술위원회 지역협력형 사업
으로 선정되어 제작되었습니다.

이 도서의 국립중앙도서관 출판예정도서목록(CIP)은 서지정보유통지
원시스템 홈페이지(http://seoji.nl.go.kr)와 국가자료공동목록시스템
(http://www.nl.go.kr/kolisnet)에서 이용하실 수 있습니다.(CIP제어번
호: CIP2016028490)

도화道化, fool는
고정적인 질서에 대한 익살맞은 비판자,
고정화된 사고의 틀을 해체한다는 뜻입니다.

차례

타임 아웃

여행을 하는 내내 내 품을 떠나지 않았던 시계는 이제 안중에 없고 시계 뒤쪽에 새겨진 이니셜 K만 오롯이 머릿속에 남아 있다. 여덟 개의 커다란 꽃잎 모양에 진황색 인조큐빅이 박힌 액세서리용 시계, 시계바늘은 여전히 세 시 이십삼 분에 멈춰 있다. 아일랜드에서 처음 구입한 물건이 하필이면 커피 한 잔 값도 안 되는 중고시계였을까. 그것도 시간이 멈춰버린……. 스마트폰을 꺼내 시간을 볼 때마다 나는 한국의 현재 시각에서 여덟 시간을 빼는 계산을 해야 했다. 조금 번거롭고 불편했지만 왠지 꼭 그래야만 할 무슨 이유가 있는 것처럼 귀국하는 날까지 그렇게 괜한 고집을 부렸다.

클레어 카운티에 있는 모허 절벽으로 향하던 길이었다. 가이드를 자청하며 운전대를 잡은 써니가 달리던 차를 세운 곳은 주유소 마당에 중고물품을 늘어놓고 파는 벼룩시장이었다.

"너 그거 알아? 진정한 여행자는 그 나라의 빈민굴부터 둘러보는 거야. 잘 살펴보면 쓸 만한 게 있을지도 몰라. 일명 보물찾기 같은 거지."

"엉뚱하긴. 럭비공처럼 어디로 튈지 모르는 성격은 여전하구나. 암튼 여유가 있어 좋다."

"오늘 안으로만 돌아오면 되잖아. 여긴 지금 백야白夜라 오후 열 시까지 해가 떠 있는데 무슨 걱정."

"그건 니 생각이고. 난 아직 시차 적응이 안 돼 헤매고 있다고."

내 의견은 물어보지도 않고 무조건 차를 세우는 써니를 따라 내리며 구시렁거렸다. 어차피 이번 여행의 모든 스케줄을 그녀에게 맡겼으니 싫든 좋든 따르는 수밖에 없었다. 주유소 한쪽 너른 마당엔 구두, 모자, 티셔츠, 도자기, 액세서리, 드라이버, 펜치 등 잡동사니들이 무질서하게 널려 있었다. 규모는 작았지만 우리나라 황학동 거리의 그것과 유사했다. 그중에는 상표가 붙어 있는 신상품도 더러 있었다. 재미 삼아 이곳저곳 좌판을 기웃거리다 발길이 멈춘 곳은 시계와 여러 가지 장신구를 펼쳐놓고 파는 곳이었다. 시선을 끄는 물건이 있었는데 꽃 모양의 멋내기용 손목시계였다. 약이 떨어졌는지 고장이 났는지 시계바늘은 움직이지 않았다. 시간이 멈춘 것 빼고는 신상품 이상으로 상태가 좋았다. 시계 기능을 못하면 팔찌로 착용해도 좋을 것 같았다. 관심을 보이자 꽁지머리에 검은 뿔테안경을 걸친 삼십 대 초반의 남자가 시계를 들어 보이며 손가락 세 개를 펴 보였다. 3유로, 한 번 차고 버려도 아깝지 않을 저렴한 가격에 우선 구미가 당겼다. 신상품이 아니라는 께름칙함도 잠시 서둘러 지갑을 열었다. 곁에서 계산을 도와주던 써니가 엄지와 검지로 동그라미를 만들어 보이며 환하게 웃는다.

시계는 낯가림이 심한 나와 달리 어느 옷에나 잘 어울렸다. 은근 화려해 특별할 것도 없는 내 행색에 적당히 구색을 맞춰주었다. 하루에 두 번은 제시간을 알려주기도 하면서 여행 내내 부적처럼 나를 따라다녔다. 가끔 타인의 시선이 내 손목 위에 머물기도 했다. 그때마다 나도 모르게 웃음이 비어져 나왔다. 귀국해 친구들을 만나면 중고품이란 딱지를 아예 떼어 버리고 가격도 몇 배로 부풀려서 말할까. 혼자 행복한 고민을 하며 틈만 나면 손을 들어 시계를 들여다보았다. 중고시계로 인해 여행의 즐거움이 더해졌다. 그야말로 사천오백 원의 행복이었다. 그런 나를 보며 써니는 무슨 대단한 일을 한 양 어깨를 으쓱해 보이며 웃었다. 가식 없는 웃음, 웃을 때마다 하얗게 드러나는 가지런한 치아가 중고시계에 박힌 큐빅처럼 환하게 빛

났다.

써니는 한지선의 또 다른 이름이다. 써니라는 이름이 입에 붙지 않아 조금 어색했지만 본인이 원하기도 하고 어감이 좋아 아일랜드 체류기간 만이라도 그렇게 부르기로 마음먹었다.

십 년 넘게 생각만으로 그쳤던 아일랜드 여행에 불을 지른 건 써니였다. 쉰 살 기념으로 둘이 함께 포토에세이집을 내보자고 했다. 밑도 끝도 없이 들이대는 써니에게 책을 내는 건 글쟁이들의 소관이라며 거절했지만 통하지 않았다. 그녀의 머릿속엔 이미 밑그림이 그려져 있었다.

"너는 사진을 맡아 글은 내가 쓸게."

"갑자기 웬 에세이집? 개인 소장용이라면 몰라도 그걸 누가 사서 보겠어."

"책 팔아서 돈 벌자는 얘기가 아니야. 하긴 누가 알겠어? 소 뒷걸음치다가 쥐 잡듯 베스트셀러가 될지."

"사진은 그냥 취미로 하는 거야. 누구에게 내 보일 만한 것도 없고."

"엄살은! 내가 사전 정보도 없이 덤비겠니. 취미로 찍는 사진치고는 제법이던데. 그 정도 수준이면 개인전을 열어도 되겠더라. 걱정 마. 책에 들어 갈 사진은 지금부터 차근차근 준비하면 되니까."

"사진작가의 화보집을 본 적이 있긴 하지만 포토에세이집은 글쎄……, 솔직히 난 자신 없어."

"암튼, 일단 저지르고 보자. 버나드 쇼의 묘비명 알지? 무슨 광고에도 나왔다고 하던데. I knew if I stayed around long enough, something like this wouid happen. 그의 말처럼 우물쭈물하다 후회하지 말고 뭐든 젊어 기운 있을 때 해보자고. 오십이 코앞이잖아. 솔직히 나 혼자는 자신 없고 너와 함께라면 해볼 만하지 싶어서."

써니는 내 블로그에 들어가 저장된 사진을 빠짐없이 스캔해 보았다며 나를 띄워주었다. 묘비명까지 들먹이며 누구나 겪는 중년여자의 허기를 사진과 글로 채워보자고 졸랐다. 왜 꼭 쉰 살이어야 하는지는 물어보지 않았다. 한 해가 지나면 두 사람 모두 오십이다. 백세시대에 살고 있으니 그 절반의 나이 쉰 살에 무언가를 남기려는 써니다운 발상이려니 했다. 밑그림을 그려놓고 색칠을 도와달라는 써니의 제안을 실력 운운하며 계속 거절할 순 없었다. 그러기엔 나의 변명이 너무 구차했다. 구체적인 얘기가 오간 것은 아니었지만 써니 말대로 내가 할 일은 좋은 사진을 많이 찍어 필요할 때 내놓는 정도였다.

취미로 사진을 찍는 나와 달리 써니는 뭐든 손을 댔다하면 확실하게 마침표를 찍어야 직성이 풀리는 성격이었다. 진취적이고 결단력 있는 여장부였다. 국내 굴지의 대기업에서 실력을 인정받으며 승승장구하던 그녀가 사표를 내던지고 남편을 따라 이민을 결정할 때도 그랬다. 나는 가끔 써니의 그런 결단력이 부러웠다.

우유부단한 나와 달리 다혈질에 스케일이 큰 써니, 그래서인지 친구들은 우리 두 사람을 보며 연구대상이라고 놀리곤 했다. 끝났다고 생각하는 순간 또 다른 아이템을 끄집어내는 무궁무진한 에너지의 열정적인 써니가 난 늘 부러웠다. 게다가 입으로 끝맺은 이야기를 써니는 금세 행동으로 옮기곤 했다.

써니의 성화에 마지못해 동의하는 척했지만 은근히 기대가 되는 것도 사실이었다. 막상 내 이름을 걸고 책을 낸다 생각하니 욕심도 생겼다. 그동안 말로만 오갔던 아일랜드행, 나는 밀린 숙제를 하듯 서둘러 가방을 꾸렸다. 정작 탈출구가 필요한 사람은 나였다. 결혼생활의 마침표, 남은 두 달의 이혼조정 기간이 그것을 말해주었다. 무언가를 구실 삼아 현실을 도피하고 싶은데 고맙게도 써니가 숨통을 틔워준 셈이다.

어디서부터 꼬인 것일까. 부부라는 가족구성원에서 나는 이미 열외자나 마찬가지였다. 물론 그 책임의 팔 할은 내게 있었다. 섹스리스, 쇼윈도 부부 오래전부터 우리 부부에게 따라붙는 수식어였다. 자식이 없다는 것도 건조한 부부생활에 한몫

했다. 남편은 아직도 내가 피임약을 장복한 사실을 모르고 있다. 이십 년 넘게 다른 남자를 가슴에 품고 산 것보다 더 미안한 일이었다. 두 사람 사이에 아이가 있었다면 그랬다면 얘기가 달라졌을까. 어쩌면 이혼법정에 서는 일만큼은 없었을지도 모른다. 무늬만 부부인 결혼생활의 연장은 무의미했다. 소모적인 일에 더 이상 시간을 낭비하고 싶지 않아 합의를 보았다. 수세미처럼 엉킨 실타래를 풀기보다 숭덩 잘라서 매듭을 짓는 편이 빠를 것 같아서였다. 삼십 년지기 써니에게 들키고 싶지 않은 게 있다면 바로 부부문제였다. 거짓말을 하는 것도 아닌데 써니를 볼 때마다 미안했다.

모허 절벽을 향해 가는 동안 변덕스러운 날씨만큼이나 내 감정도 널뛰기를 했다. 바이오리듬은 날씨와 무관하지 않았다. 아일랜드 날씨는 하루에 사계절이 다 들어 있다는 써니의 말이 실감 났다. 말갛던 하늘이 잿빛이었다가 또 어느 순간 성난 빗줄기를 앞세우고 달려들었다. 부옇게 흐린 차창 너머로 끝없이 펼쳐지는 너른 들판에 비를 맞고 서 있는 소떼의 모습이 언뜻언뜻 다가왔다 사라지곤 했다. 차창을 통해 바라본 바깥 풍경은 회색날씨와 달리 평화로워 보였다. 사진을 제대로 찍을 수 있을까. 스마트폰을 열어 시간을 확인할 때마다 나도 모르게 한숨이 새어나왔다. 초조함의 또 다른 표시였다. 불안

한 나와 달리 운전대를 잡은 써니는 장거리 운전에도 지치는 기색 없이 쉬지 않고 떠들어댔다.

"너 영화 '라이언의 딸' 봤어? 절벽 밑에서 낚시하던 신부와 바보가 위에서 떨어트린 양산을 잡고 좋아하는 장면이 나오는데 그 유명한 영화 촬영지가 바로 지금 우리가 달려가고 있는 모허 절벽이라구."

사진으로 보고 단번에 반한 곳이 바로 아일랜드 최고의 절경 모허 절벽이었다. 이번 여행의 방점을 찍는다고나 할까. 그만큼 기대도 컸다.

"써니, 니 덕분에 눈이 호강한다 싶었는데 날씨가 왜 이러냐? 불안하게."

"그러게 말야. 하늘이 도와줘야 하는데. 궂은 날씨 때문에 절벽을 제대로 볼 수 있을지 모르겠다. 운에 맡겨야지 뭐."

운은 따라주지 않았다. 모허 절벽은 안개비에 가려 쉽게 그 모습을 드러내지 않았다. 카메라를 꺼내 들었지만 바람에 휘둘리는 우산을 똑바로 세워 비를 피하는 일이 먼저였다. 바다를 품고 절벽을 휘돌아 온 안개비, 안개비는 살이 부러진 우산 속까지 사정없이 파고들었다. 흐린 입자에 들어있던 물 알갱이들이 이내 온몸을 헤집고 들어왔다. 시야를 가리는 안개비 때문에 작품사진을 찍겠다던 욕심은 일찌감치 접을 수밖에 없었다.

구도, 노출, 황금비율, 사진의 기본기마저 무시하고 안개 속에 들어 있는 절벽인지 바위산인지 모를 피사체를 향해 셔터를 눌러댔다. 한참을 그렇게 아무 생각 없이 셔터를 눌러댔다. 렌즈를 통해 들여다본 모허 절벽은 절경은커녕 한계령을 넘다 마주치는 기암괴석의 위용만도 못했다. 머리가 뭉텅 잘리거나 허리춤에 안개를 두르고 있는 볼품없는 거대한 돌덩이에 불과했다. 셔터를 누르는 것조차 무의미했다. 기대를 접듯 카메라를 접고 스마트폰을 꺼내 파노라마 기법에 놓고 절벽을 기점으로 주변 경치를 스캔해 나갔다. 사방 어느 곳을 향해 찍어도 안개 베일을 피할 수 없었다.

각도를 바꾸어 두 번째 촬영을 할 때였다. 액정 안으로 선명한 피사체 하나가 들어왔다. 줌으로 당겨보니 빈티지 야구모자를 쓴 젊은 남자였다. 절벽을 등지고 서서 삼각대 위 카메라에 눈을 맞추고 있는 남자, 그 모습이 왠지 낯설지 않았다. 남자가 서 있는 쪽을 향해 다시 한 번 천천히 스마트폰을 움직였다. 각도가 빗나갔는지 남자의 얼굴보다 카메라를 받치고 있는 삼각대가 먼저 눈에 들어왔다. 삼각대와 카메라 그리고 야구모자를 쓴 남자가 차례로 액정화면에 나타났다 사라졌다. 몇 번을 그렇게 스마트폰을 통해 남자의 모습을 훔쳐봤다. 하지만 나는 끝내 저장버튼은 누르지 못했다. 어느 순간 그 남자의 모습에 중도의 새벽안개와 K가 오버랩 된 때문이다.

생각지도 못한 장소에서 마주한 기억의 부활. 빈혈이 왔을 때처럼 속이 메스꺼우면서 눈꺼풀이 바르르 떨렸다. 손바닥으로 두 눈을 지그시 누르자 액정화면에 꽉 차 있던 남자가 감쪽같이 사라졌다. 남자는 내가 알은체를 하기도 전에 뒷모습을 보이며 안개 속으로 사라져버렸다. 아아! K, 나는 또 K를 놓치고 말았다. 눈이라도 한 번 맞춰봤더라면……. 온몸의 힘이 쭉 빠졌다. 눈앞이 부옇게 흐려지면서 또다시 어지럼증이 일었다. K는 시공간을 초월해 아직도 나를 조정하고 있는 것일까? 더럭 겁이 났다. 희부연 안개비가 오락가락하는 그곳에서 나는 한 발짝도 뗄 수 없었다.

무성영화를 볼 때처럼 주변 풍경들이 흐린 시야에 소리 없이 펼쳐졌다. 우두커니 서서 절벽을 향해 이어지는 우산의 행렬, 그 꼬리를 더듬어 나갔다. 우중충한 날씨에 펼쳐진 원색의 우산들이 마치 시계에 박힌 큐빅처럼 도드라져 보였다. 살이 부러져 접어두었던 우산을 다시 펼쳐들었다. 할 수만 있다면 그 무리 속에 섞여 대서양에 솟아오른 천 길 낭떠러지 절벽 위에 우뚝 서 보고 싶었다.

"뭐가 그렇게 심각해. 원하는 작품이 안 나와?"

"……."

"아무래도 오늘은 틀린 것 같아. 귀국하기 전 시간 되면 다시 한 번 오지 뭐. 날씨도 그렇고 니 표정 보니까 사진 찍을 기분도 아닌 것 같고."

이마에 달라붙은 머리카락을 뒤로 쓸어 넘기며 써니가 큰소리로 말했다. 마치 내 속을 다 들여다보기라도 한 것처럼 짚어냈다. 일정대로라면 모허 절벽을 보고 난 뒤 인근에 있는 전통 악기마을과 바위로 이어진 해안 도로 버렌을 둘러보기로 계획돼 있었다.

"써니. 넌 내세를 믿니?"

나도 모르게 엉뚱한 말이 튀어나왔다. 속마음을 들키자 딱히 할 말이 없기도 했다.

"사진 찍다 말고 갑자기 웬 내세. 왜 사진 속에 혼이라도 불어넣고 싶어?"

"그게 아니고 머리로는 되는데 가슴으로 안 되는 게 있어서. 아니, 그 반댄가?"

"야! 골치 아픈 얘기 그만하고 돌아가자. 너 그러다 여차하면 저 절벽에서 뛰어내리겠다."

써니가 한발 앞서 주차장 쪽으로 빠르게 걸어갔다. 나는 한 템포 늦게 그 뒤를 따랐다.

"오늘 밤 우리 펍에 가서 맥주 한 잔 할까. 니 남편이랑 함께"

써니의 남편은 애주가다. 그들 부부는 다 좋은데 술 궁합이
안 맞았다. 써니는 맥주 한 잔이 고작이고 그 남편은 두주불사
였다. 술자리 멍석을 깔아주는 것으로 그 남편에게 아내를 내
준 고마움을 표시하고 싶었다. 안 그래도 남편이 벼르고 있다
며 써니는 엄지와 검지로 동그라미를 만들어 보이며 벼룩시장
에서 그랬던 것처럼 오케이 사인을 보냈다.

올 때와 달리 써니는 말없이 운전만 했다. 카스테레오에서
는 드라마 모래시계의 OST곡 백학이 흘러나왔다. 무거우면서
도 호소력 있는 음률이 회색빛 날씨와 절묘하게 어울렸다.

Mne kazhetsya poroyu, chto soldaty, S krovavyh ne
prishedshie polei……. 눈을 감고 가사가 생각나는 대로 흥얼
거렸다. 입은 노래를 부르고 있는데 머리는 중도의 새벽안개와
조금 전 보았던 안개에 싸인 모허 절벽을 오가고 있었다. 절벽
으로 이어지는 길에 우산을 쓰고 다정히 걷는 한 쌍의 연인, 그
림 속의 여인은 내가 되었다가 또 다른 여자가 되었다가 다시
내가 되어 한 남자의 가슴에 포개졌다. 성난 파도가 전신을 휘
돌며 출렁댔다. 달빛에도 그림자는 생긴다고 했던가. 스러지
지 않는 중년의 몸의 욕구가 불을 지피기 시작했다. 목덜미에
느껴지는 거친 숨소리, 가슴을 두드리는 심장박동 소리, 한 번

타오른 불길은 쉬이 잦아들지 않았다. 공중부양의 순간 열에 들뜬 나를 흔들어 깨우는 손길이 있었다. 써니였다. 천 길 낭떠러지를 향해 그대로 곤두박질이다. 찌르르, 방광염으로 배설 장애 때 느끼던 통증이 아랫도리를 훑고 지나갔다. 눈을 감아야 만날 수 있는 사람. 그가 살아 있을 땐 한 번도 경험하지 못한 뜨거움이었다.

"그만 일어나. 무슨 잠꼬대를 그렇게 하니?"

흐린 시야에 멀리 모허 절벽이 들어왔다. 꿈속을 헤매고 있는 게 분명했다. 머리를 흔들어 보았다. 하지만 주변 풍경은 달라지지 않았다.

"가다가 하늘이 좀 걷히는 것 같아서 되돌아왔어. 여기까지 왔다가 못 보고 가면 너무 억울할 것 같아서. 몇 시간을 달려왔는데 아일랜드가 자랑하는 최대의 볼거리를 놓칠 수 없잖아. 아까보다 안개가 많이 걷혔으니까 빨리 카메라 챙겨서 내려."

역시 써니다운 발상이었다. 모허 절벽은 더블린에 사는 써니도 작정해야 올 수 있는 곳이다. 더구나 나는 언제 다시 올지 모르고. 비몽사몽, K의 환상을 털어내고 카메라를 챙겨들었다. 비구름이 좀 잦아들긴 했지만 모허 절벽은 여전히 안개에 싸여 있었다. 줌을 이용해 물안개를 일으키며 부딪치는 파도와 웅장한 절벽의 모습을 최대한 렌즈 안으로 끌어들였다. 연이어 눌러대는 셔터 소리가 경쾌했다. 절벽 위에서 몸을 날리면 영화에서처럼 절벽 아래에 있는 누군가가 나를 가뿐히 받아줄 것만 같았다. 이백여 미터를 솟아올랐다고 했던가. 하지만 모허 절벽은 그 위용을 다 드러내기도 전에 또다시 안개 속에 묻히고 말았다. 자신의 속을 다 드러내지 않던 누군가를 닮은 것 같았다. 보고픈 사람의 얼굴을 한쪽만 본 것처럼 진한 아쉬움이 남았다. 안개의 희롱에 손끝에 힘을 주었다 뺐다 하며 한참을 그렇게 카메라와 씨름했다. 바람을 정면으로 받은 등줄기에서 싸아 하니 한기가 느껴졌다. 축축해진 머리카락에서 대서양 바다 냄새가 나는 것도 같았다.

한 번 따라붙은 K의 환영은 쉽게 사라지지 않았다. 모허 절벽과 안개, 중도와 K, 그리고 시간이 멈춘 시계까지 모두 나를 깨우기 위한 장치가 아닐까? 수수께끼 같은 비밀을 남기고 마치 유행가 가사처럼 안개 속으로 가버린 사람. 그가 열일곱 시간을 날아서 아일랜드까지 따라올 줄은 몰랐다.

그날, K가 건네준 쪽지를 펼쳤을 때 내 마음은 이미 중도를 향해 가고 있었다. 중도라는 지명이 낯설지 않았다. '오늘 밤 중도로 사진 찍으러 갑니다. 열한 시에 아파트 정문에서 기다릴게요.' 일방적인 통보였다. 데이트 신청치고는 싱거웠으나 거절할 까닭이 없었다. 무엇에 길들여진다는 것은 그렇게 무서운 일이었다. 특별할 것도 없는 데이트 신청에 늘 필요 이상으로 감동하는 사람은 나였다. 친구들 말처럼 콩깍지가 씐 게 분명했다. 까칠한 성격에 호불호가 분명한 사람, 그는 일 년의 반이상을 야상점퍼 하나로 버틸 만큼 외모를 가꾸는 일에도 무심했다. 언젠가부터 편하고 자유로운 그 모습이 좋아 보였다. 내가 K에게 한 발자국 다가간 이유였다. 여성편력 제로, 다른 여자에게 K를 빼앗길 확률은 백주대로에서 강도를 만날 확률만큼이나 낮다고 생각했다. 우리에게 밀당 같은 사랑의 줄다리기는 처음부터 없었다. 언제나 한 눈금 부족한 사랑, 긴장감 없는 밋밋한 만남이 때론 나의 자존심을 건드리기도 했다. 하지만 그것이 그를 포기해야 할 이유가 되진 않았다.

"중도 갈 때 나도 한 번 데려가줘요."

언젠가 지나가는 말로 부탁했는데 K가 용케도 그걸 기억해둔 모양이었다. 서둘러 카메라와 여벌의 옷 그리고 커피 등 출사 때 필요한 물건들을 챙겨 간단하게 여행 가방을 꾸렸다. 약속대로 K는 열한 시 정각 아파트 정문에서 기다리고 있었다.

말로만 듣던 중도, K 말에 의하면 최상의 안개 사진을 건질 수 있는 곳, 사진작가들이 탐내는 A급 장소가 바로 중도라고 했다. 사진의 성패는 찰나의 순간포착이다. 대상 선정과 구도와 노출 그리고 셔터를 누르는 손끝에서 걸작이 태어난다. 월

척을 꿈꾸는 강태공처럼 그 손맛을 아는 사람들은 최상의 장면을 얻으려 목숨을 건다. 사진 이야기를 할 때 K는 가장 말이 많았고 가장 신이 나 있었다. 일이든 취미든 무엇에 빠진다는 건 최선을 다한다는 얘기도 됐다.

단둘이 만났을 때도 K의 관심사는 언제나 사진이었다. 나보다 카메라가 우선이었다. 데이트 비용보다 카메라를 새로 장만하거나 장비를 교체하는데 더 많은 돈을 투자했다. 서운했지만 내색하지 않았다. 그를 잃고 싶지 않은 나의 배려이기도 했다. K를 만나면서 시간이 지날수록 나는 점점 그를 닮아갔다. 말수가 적어지고 무엇보다 달라진 점은 외모를 가꾸는 일에 시간과 돈을 크게 투자하지 않는 거였다.

자동차로 두어 시간을 넘게 달려 도착한 중도는 깊은 잠에 들어있었다. 어둠의 입자는 새벽을 열기 위해 대지 위에 낮게 가라앉아 있었다. 시간이 지나면서 카메라를 든 사람들이 하나둘 몰려들기 시작했다. 사진 촬영은 주로 새벽 다섯 시 전후에 시작되는데 좋은 자리를 잡는 게 관건이라 그만큼 자리싸움도 치열했다. 생각보다 사진을 찍기 위해 모여든 사람들은 많지 않았다. 경험자의 노련함은 어둠 속에서도 빛이 났다. K는 삼각대에 카메라를 설치하며 내게 사진 찍는 요령을 자세히 설명해 주었다.

중도의 새벽은 더디 왔다. 간이 의자에 앉아 조용히 새벽을 기다렸다. 간간이 어둠을 뚫고 두런거리는 사람들의 목소리, 풀벌레 소리가 들려왔다. 정작 곁에 있는 K는 있어도 없는 사람처럼 말이 없었다. 체감 온도는 생각보다 훨씬 낮았다. 보온병에 준비해 간 커피를 따라 건네주자 K가 어둠 속에서 씩 웃어 보였다. 어둠 속에서도 그림이 그려질 만큼 난 어느새 그의 행동 하나하나에 익숙해져 있었다.

"새벽이 오려면 아직 멀었는데 여긴 내가 지키고 있을 테니 차에 가서 눈 좀 붙여요. 추운데 떨지 말고."

"아직은 견딜 만해요. 내가 곁에 있어 불편한 건 아니죠?"

또다시 침묵. 어둠이 베푸는 넉넉한 분위기에서도 K는 팔짱을 낀 채 미동 없이 앉아있다. 익숙해서 더 슬픈 밤이었다. 거친 숨소리가 발밑에 깔릴 때마다 나는 빈 눈으로 그를 바라보았다. K는 연신 담배를 피워 물었다. 코끝을 스치는 담배냄새가 싫지 않았다. 작은 움직임조차 신경이 쓰일 만큼 사위는 조용했다. 추위보다 더 견디기 힘든 것은 정적이었다. K가 차에 있는 점퍼를 가져오겠다며 자리를 떴다. 그가 어둠 속으로 사라지자 긴장이 풀려서인지 피로가 한꺼번에 몰려왔다. 팔다리를 흔들어 가볍게 몸을 풀어주고 남은 커피를 종이컵 가득 따라 마셨다. 졸음과 추위가 조금 가시는 것 같았다.

점퍼를 가지러 간 K는 한참을 기다려도 오지 않았다. 생리 현상을 해결하는 중이거나 차에서 잠들었거나 둘 중 하나라고 여겼다. 캄캄한 밤에 여자 혼자 남겨 두고 어딜 가서 이렇게 늦는 거야? 겁 없이 따라 오는 게 아니었어. 뒤늦은 후회가 밀려왔다. 시간이 지날수록 무서움과 추위로 온몸이 덜덜 떨렸다. K를 찾아 나서고 싶었지만 삼각대에 걸쳐 놓은 카메라 때문에 꼼짝없이 자리를 지켜야 했다.

닭의 목을 비틀어도 새벽은 온다고 했던가. 날이 희붐해지면서 주위에 있는 물체들이 안개를 뚫고 조금씩 모습을 드러내기 시작했다. 그가 왜 중도 중도 하는지 알 것 같았다. 동틀 무렵의 중도는 어디에 눈을 두어도 좋을 만큼 환상적이었다. 하지만 K는 여전히 모습을 드러내지 않았다. 어찌해야 할지 판단이 서지 않았다. 사람들의 웅성거리는 소리와 함께 여기저기서 셔터 누르는 소리가 들리기 시작했다. 찾아나서야 하나? K가 사라진 쪽을 고개가 아프도록 바라보았다.

사람들이 눌러대는 셔터소리에 절로 마음이 바빠졌다. 어느 순간 나도 모르게 카메라 앞으로 다가가 셔터를 누르기 시작했다. 어떤 작품이 나올지는 염두에 두지 않았다. 무작정 눌러댔다. 미명의 안개 낀 중도의 모습을 원 없이 카메라에 담았다. 그 와중에도 K의 반응이 궁금했다. 잘했다는 칭찬이 듣고 싶었다. 하지만 새벽이 지나고 해가 머리 위에 얹어질 때까지 K는 돌아오지 않았다. 카메라 장비를 거두어 차에 싣고 아침식사도 거른 채 마냥 기다렸다. 불안하고 초조했다. 답이 생각나지 않는 시험지를 들여다보고 있을 때처럼 막막했다. 무엇보다 어처구니없는 이 상황을 이해할 수 없어 답답했다.

K의 실종, 수사는 실족사에 무게를 두고 진행됐다. 귀신에 홀리지 않고서는 있을 수 없는 일이었다. 발을 헛딛다니? 그곳 지형이라면 손바닥 들여다보듯 훤한 그가 아니던가? 마지막에 함께 있었다는 이유로 참고인 혹은 증인으로 수없이 불려 다녔다. 담당형사는 내가 마치 K를 강물에 밀어 넣기라도 한 양 집요하게 캐물었다. K가 왜 사라졌는지 왜 아직까지 소식이 없는지 묻고 싶은 사람은 정작 나였다.

K의 사체가 발견된 것은 이틀 후였다. 뇌수가 다 빠져나간 듯 머릿속에서 바람소리가 났다. 갑작스런 그의 죽음, 두려움과 상실감에 정신을 차릴 수가 없었다. 하늘이 무너지는 절박한 상황에서 나는 형사의 질문에 같은 말을 몇 번이고 반복해야 했다. 될 대로 되라는 심정이었다. 같은 말을 반복하다 보니 나중에는 엉뚱한 말이 튀어나왔다. 그것이 어떤 파장을 불러올지는 계산하지 않았다. 감정을 주체하지 못하고 묻지도 않는 말을 마구 쏟아냈다. 마지막에 같이 있었다는 이유만으로 나는

죄인 취급을 당했다.

아직도 풀리지 않는 수수께끼다. 이십여 년을 온전한 나로 살 수 없었던 이유이기도 하다. 그는 잊으려 하면 할수록 벗겨지지 않는 멍에였다. 어쩌면 그가 쳐놓은 보이지 않는 거미줄에 내가 걸려들었는지도 모르겠다. K를 잊으려 서두른 결혼, 그의 빈자리에 남편을 들인 건 나의 치명적인 실수였다.

써니 부부의 단골 펍은 초저녁부터 손님들로 북적댔다. 아일랜드 주막, 맥주 한 잔 앞에 놓고 몇 시간씩 수다를 떠는 사람들도 대단하지만 안주 하나 없이 붙박이로 있는 손님을 당연하게 여기는 주인은 더 대단해 보였다. 써니 말대로 사랑방이란 표현이 딱 맞았다. 알코올이 들어가자 긴장이 풀렸다. 장난기 많은 써니 남편의 짓궂은 질문도 능청스레 받아 넘겼다. 써니 남편은 스카치 위스키 제임슨을, 써니와 나는 기네스맥주를 마셨다. 알코올이 들어가자 흥이 많은 써니 남편은 라이브 음악에 맞춰 몸을 흔들어댔다. 낮에는 소방관, 밤에는 가수로 투잡을 뛴다는 젊은 아일리쉬의 노래와 함께 낯선 땅의 하루가 숨을 놓고 있었다. K도, 남편도, 중고 시계바늘처럼 멈추고 흔들리는 건 기네스맥주 거품을 빨고 있는 나뿐이었다. 알코올 기운이 여행자의 긴장을 밀어내는 밤, 나는 느릿느릿 여행지에서의 마지막 밤과 작별했다.

아일랜드 여행을 마치고 돌아와 제일 먼저 한 일은 친정집 다락방에 숨겨놓은 K의 카메라를 찾는 일이었다. 그가 남기고 간 유품이었다. 카메라를 왜 유족들에게 넘기지 않고 챙겨와 비밀 일기장처럼 다락방에 보관해 놓았는지는 한마디로 설명할 수가 없다. 그때는 그게 최선이었고 그에 대한 예의라 생각했다. 결혼을 약속한 사이라고 우겼던 것도, 형사들이 들이닥치기 전 내 카메라와 K의 카메라를 바꿔치기 한 것도 왜 그랬는지 모르겠다. 그의 죽음에 일말의 책임을 느꼈던 것일까. 그것도 세월이 한참 지난 뒤에 생각해 냈다.

고맙게도 주인을 잃은 카메라는 종이박스에 담겨 다락방 한구석에 먼지를 뒤집어 쓴 채 놓여 있었다. 다락방 구석에 잠들어 있는 카메라를 보는 순간 모허 절벽에서처럼 또다시 속이 메스꺼우면서 현기증이 났다. 가죽케이스를 열고 카메라를 꺼내들었다. 필름이 끼워진 상태 그대로였다. 카메라를 보자 그와 함께했던 순간순간들이 한 컷 한 컷 스쳐지나갔다. 카메라를 들고 사진관으로 달려갔다. 아쉽게도 사진은 한 장도 건질 수가 없었다. 중도의 새벽안개를 좀 먹은 이십여 년의 세월이 야속했다. 이제는 그냥 묻어두는 수밖에.

돌아오는 길에 나는 백화점에 들러 써니에게 보낼 선물을 골랐다. 어떤 식으로든 고맙다는 인사를 해야 할 것 같았다. 써니가 아니었다면, 모허 절벽의 안개를 만나지 않았더라면, K는 아직도 내 기억 뒤편에서 숨죽이고 있었을 것이다.

블로그에 저장된 사진을 모두 삭제했다. 아일랜드에서 담아온 천여 장이 넘는 사진까지 모두 휴지통으로 사라졌다. 포토에세이집 출간을 위해 동분서주하는 써니에게는 많이 미안했다. 화를 낼 줄 알았던 써니는 의외로 쿨하게 나왔다. 책이 나오면 제일 먼저 내게 보내주겠다며 너스레를 떨었다. 멀리 있는 친구, 내 편이 새삼 눈물겹게 고마웠다.

중고시계처럼 그날 이후 멈춰버린 중도 이야기, 그 간절하고도 슬픔이 깃든 새벽안개 그리고 K, 생각해도 아프고 생각하지 않아도 아픈 그 새벽을 길어 올리며 나는 하염없이 울었다. 휴지를 뽑아드는데 왼쪽 손목에 찬 시계가 눈에 들어온다. 이니셜 K자가 찍혀 있다는 이유만으로 아직도 내 곁에 있는 중고시계, 세 시 이십삼 분에 멈춰 있는 시계바늘을 가만히 들여다본다. 사람이든 물건이든 쉽게 내치지 못하는 내가 밉다.

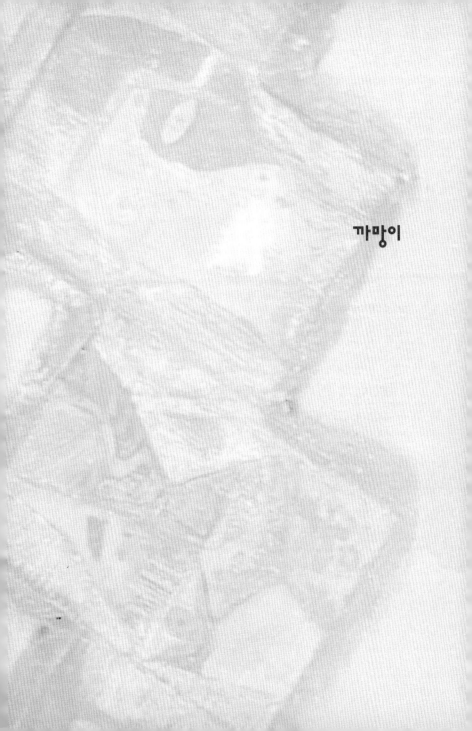

까망이

드디어 올 것이 왔군.

이장 순태가 마당으로 들어서는 순간 나는 직감했다. 아랫녘에서 구제역이 발생했다는 소식을 들었을 때만 해도 설마설마했는데 생각보다 훨씬 빠르게 전국으로 확산됐다. 처음 안동 지역에서 발생하여 경기도 이천까지 점점 범위가 확대되자 동네 축산농가들은 그야말로 초비상 상태였다. 기르는 소, 돼지가 바이러스에 감염되지 않을까 전전긍긍하며 모두 자신의 축사만큼은 구제역이 피해가기를 바랐다. 하지만 시간이 지날수록 피해지역이 늘면서 절망감은 더해 갔다.

밤잠을 설치며 노심초사하던 아저씨도 마음의 준비를 단단히 했는지 며칠 전부터 모든 일을 내게 맡기고 돈사는 아예 거들떠보지도 않았다. 이제는 반포기 상태인 것 같았다. 하루 종일 잠에 들어 있거나 시도 때도 없이 술타령이다. 일이 손에 안 잡히기는 나도 마찬가지였다. 뉴스를 보며 최악의 경우까지 생각은 하고 있었지만 이렇게 빨리 현실로 다가올 줄 몰랐다. 그 와중에 살처분하는 쪽에 무게를 두고 주판알을 튕기며 보상금을 알아보고 다니는 약삭빠른 사람도 있었다.

무슨 말을 할 듯 말 듯 머뭇대던 순태가 나를 앞질러 돈사 쪽으로 먼저 발걸음을 옮겼다. 천천히 그 뒤를 따라갔다. 마음고생이 심했는지 수염도 깎지 않은 얼굴은 까칠하다 못해 초췌해 보이기까지 했다. 며칠 못 본 사이 십 년은 더 늙어 보인다고 하자 씨익 웃어 보이며 두 손으로 얼굴을 쓸어내리며 마른세수를 했다. 담배에 불을 붙여 내밀자 기다렸다는 듯이 받아든다.

돈사 가까이 다가가자 돼지들이 일제히 먹이통이 있는 앞쪽으로 몰려들었다. 놈들은 빈 밥통을 서로 차지하려고 몸싸움을 벌이며 꽥꽥 소리를 질러댔다. 돼지들의 아우성에 순태도 나도 잠시 할 말을 잃고 우두커니 서서 담배만 피워댔다. 순태가 무슨 말을 할지 들으나마나 뻔했다. 먼저 침묵을 깬 건 순태였다.

"모레 차가 온다는구만."

밑도 끝도 없이 한마디 내뱉고 순태는 또다시 애꿎은 담배만 빨아댔다. 속이 타는 것은 나도 마찬가지였다. 결국 살처분

쪽으로 최종 결정이 난 모양이었다. 무슨 차가 온다고 그래, 나는 짐짓 모르는 척 시치미를 떼며 순태를 바라보았다. 충혈된 두 눈에선 금세 눈물이 쏟아질 것만 같았다.

"살처분하는 걸로 결정이 났대. 닷새 전에 연락 받았는데 차마 말을 못하겠더라고. 이젠 더 이상 미룰 수도 없고. 아저씨한테는 니가 잘 말씀드려."

"구제역이 군량리까지 왔다는 건 나도 뉴스를 통해 알고 있었어. 그렇지만 우리 동네는 발병 의심지역도 아니고 아직은 멀쩡하잖아."

"그게 발생했다 하면 반경 500미터 지역까지 해당된다잖어. 정부 방침이 그렇다는데 낸들 어쩌겠어. 이장 일 보면서 이렇게 힘들긴 처음이다."

"그게 니 탓은 아니잖아. 동네 사람들도 뉴스를 봤으니 전후 사정이 어떻게 돌아가는지 알 테고, 모두 어느 정도 마음의 준비는 하고들 있겠지. 그나저나 상욱이네가 큰일이네."

"그러게 말야. 그 많은 돼지들을 한꺼번에 잃게 생겼으니."

"이건 정말 사람이 할 짓이 아닌 것 같아. 산 짐승을 통째로 생매장한다는 게 말이 되냐구? 다들 얼마나 정성들여 키웠는데."

순태도 나도 더 이상 말을 잇지 못했다. 순태가 또다시 뭐라고 중얼거렸지만 돼지들이 내지르는 소리에 묻혀버렸다.

"모레 작업 끝나면 술이나 한 잔 하자."

필터 가까이 타들어가는 담배꽁초를 발로 비벼 끄며 순태가 힘없이 말했다. 그리고는 무슨 급한 볼일이라도 생긴 것처럼 서둘러 자리를 떴다. 전화로 얘기해도 될 것을 굳이 찾아와 돈사를 둘러보고 가는 그의 복잡한 심정을 알 것도 같았다. 이장이란 감투를 쓴 순태의 고충이 고스란히 전해졌다.

순태가 가고 난 뒤에도 나는 한동안 돈사 앞을 떠날 수가 없었다. 돼지들은 여전히 먹이를 달라고 아우성이다. 그동안 놈들과 함께한 시간이 얼마인가. 오늘따라 놈들이 보채는 소리가 마치 비명처럼 들렸다. 돼지 같은 놈! 나도 모르게 불쑥 욕이 튀어 나왔다. 생각 같아서는 나도 목이 터져라 소리를 내지르고 싶었다.

천천히 새끼 밴 돼지들이 있는 우리 쪽으로 발걸음을 옮겼다. 배가 불러 그냥 서 있기도 힘들어 보이는 돼지들, 그 속엔 까망이도 섞여 있었다. 유일하게 하나 남은 흑돼지. 까망이는 내가 붙여준 이름이다. 까망이 말고도 임신 중인 돼지가 네 마리나 더 있었다. 오늘낼 언제 새끼를 쏟아낼지 모르는 상태였다. 뱃속에 넣고 넉 달 가까이 힘들게 키웠는데, 새끼들은 왜 죽어야 하는지 영문도 모른 채 태어나기도 전에 땅속에 묻히는 신세가 됐다. 불쌍한 놈들, 자식이나 다름없는 놈들을 보낼 생각을 하니 가슴이 먹먹했다. 사실 기르던 돼지들이 팔려 나갈 때마다 마음이 편치만은 않았다. 하지만 이번처럼 가슴이 아파 보긴 처음이다.

모로 누워 숨을 헐떡이는 까망이를 보자 나도 모르게 설움이 복받쳤다. 까망아. 조그맣게 소리 내어 불러보았다. 몇 번을 불러도 녀석은 눈만 껌뻑일 뿐 움직일 생각을 않는다. 누워 있는 것조차 힘이 드는지 밭은 숨을 내쉰다. 힘들어 하는 놈을 더 이상 바라볼 수가 없어 서둘러 돈사를 빠져 나왔다.

이틀 후에 벌어질 엄청난 사태를 아는지 모르는지 아저씨는 아직도 꿈나라에 들어 있다. 희소식도 아닌데 일부러 깨워서까지 알릴 필요는 없을 것 같아 내버려 두었다. 끝까지 모르게 할 수만 있다면 그렇게 하고 싶었다. 그렇잖아도 말수가 적은 아저씨는 요즘 들어 거의 입을 닫고 살았다. 베개를 바로 잡아주고 냉장고에서 안주거리와 소주 두 병을 꺼내 들고 내 방으로 건너왔다. 맥주잔 가득 소주를 따라 마치 생수를 마시듯 벌컥벌컥 들이켰다. 그러고 보니 아저씨의 술주정을 받아주느라 식사도 거른 상태였다. 이래저래 맨 정신으로 잠들기는 틀린 것 같았다. 빈속에 알코올이 들어가자 싸아하니 취기가 올랐다. 술이 취할수록 정신은 더 맑아지는 것 같다. 오디오의 볼

름을 한껏 올렸다. 기분이 울적할 땐 빠른 템포의 음악이 제격이다. 전라도와 경상도를 가로지르는 섬진강 줄기 따라 화개장터엔……. 노래를 흥얼거리다 보니 가라앉았던 기분이 조금 업되는 것 같다. 오늘따라 방이 운동장만큼이나 넓어 보인다. 아저씨가 나를 위해 창고를 개조해서 만든 방이다. 겉에서 보기엔 우스워보여도 원룸식으로 꾸며진 널찍한 방엔 티브이 오디오 컴퓨터까지 어지간한 가전제품들이 모두 갖춰져 있다. 아저씨 말대로 여자만 있으면 살림을 차려도 될 정도였다. 이젠 더부살이에도 이골이 난 것 같다. 아주머니가 병원에 입원해 있어 손수 빨래하고 매끼마다 밥을 차려 먹어도 내 집처럼 편해서 좋다.

창문을 열자 돈사에서 풍기는 퀴퀴한 냄새가 바람을 타고 코끝에 전해진다. 그나저나 놈들이 떠나고 나면 나 역시 이곳을 떠나야겠지? 아내를 떠나보내고 이제 겨우 마음잡고 열심히 살아볼까 했는데…….

국적이 다른 아내를 맞이하기까지 아저씨 공이 컸다. 중이 제 머리 못 깎는다며 발 벗고 나섰다. 농촌에서 신붓감 구하기는 하늘의 별 따기였다. 아저씨는 눈을 돌려 국제결혼정보회사에 줄을 댔다. 절차를 밟아 결혼식을 올리기까지 그에 따른 모든 비용을 아저씨가 댔다. 고아나 다름없는 자신을 거두어준

아버지에 대한 보답이라고 했다. 내 자존심을 다치지 않게 하려는 배려임을 모르지 않았다. 아저씨 덕분에 순태도 같은 날, 베트남 국적을 가진 여자를 아내로 맞이했다. 농촌에서 외국여자를 아내로 맞이하는 게 이제는 더 이상 낯선 풍경이 아니었다. 동갑내기에다 합동결혼식을 치렀을 만큼 순태는 누구보다 죽이 잘 맞는 친구였다. 동기간 이상으로 서로를 챙기는 것도 그 때문이다.

아내는 열네 살이란 나이 차를 극복하고 농촌생활에 잘 적응해 나갔다. 말이 서툴러 의사소통이 잘 안 되긴 했지만 살아가는데 크게 불편하지 않았다. 결혼하자마자 바로 임신을 하는 바람에 당황했지만 내 나이를 생각하면 오히려 잘된 일이었다.

오물 냄새에 절어 돼지들과 씨름을 하면서도 아내와 뱃속에 아이를 생각하면 힘이 절로 났다. 하루에 한 갑씩 피워대던 담배도 끊고 좋아하는 술도 줄여가며 무섭게 일했다. 그야말로 일벌레가 따로 없었다. 그런데 신은 내 편이 아니었다.

여느 날과 마찬가지로 돈사 일을 마치고 부리나케 집으로 향했다. 그 시간이면 늘 대문 밖에 나와 기다리고 있던 아내의 모습이 보이지 않았다. 한 번도 집을 비운 적이 없던 아내였다. 방문을 열자 피비린내가 진동을 했다. 사태를 파악하기도 전, 난 그만 털썩 주저앉고 말았다. 방 한가운데 웅크린 자세로 쓰러져 있는 아내, 방바닥에 피가 흥건히 고여 있었다. 급한 마음에 아내를 마구 흔들어 보았지만 대답이 없었다. 이미 숨을 거둔 상태였다. 소식을 전해들은 아저씨와 순태가 한걸음에 달려왔다. 혼자 아이를 낳다가 과다 출혈로 숨을 거둔 아내, 아이는 산도에 머리가 걸린 채 죽어 있었다. 혼자 얼마나 무섭고 고통스러웠을까? 일하는 중간중간 자주 들여다봤어야 했는데, 나의 무관심이 아내를 그렇게 만든 것 같아 괴로웠다. 조금만 신경을 썼더라면 그랬다면 그런 불상사는 없었을 텐데. 스물여섯 어린 나이에 그것도 타국에서 외롭게 떠난 아내가 불쌍했다. 자궁을 미처 빠져나오지 못한 채 떠난 아이에게도.

너무도 큰 불행 앞에 분노가 치밀었다. 경운기 사고로 한꺼번에 부모를 잃은 것도 모자라 이번에는 아내와 아이를 한꺼번에 잃었다. 희망이 조금이라도 남아 있을 때 절망감도 생기는 법이다. 모든 게 끝이라는 생각이 들었다. 몇 날 며칠을 산송장처럼 지냈다. 아저씨의 설득이 없었다면 나는 또다시 부모님 묘소로 달려가 약을 털어 넣었을지도 모른다. 죽을 만큼 앓았다. 그리고 다시 돼지우리 앞에 섰다.

몸을 움직일 때마다 코끝으로 술 냄새가 올라왔다. 순태를 강제로라도 잡아둘 걸 그랬나. 혹시나 하는 마음에 전화기를 들어 번호를 눌렀지만 발신음이 전달되기도 전에 수화기를 다시 내려놓았다. 누가 뭐라고 하는 것도 아닌데 구제역 소식이 있고부터 전화를 하는 것도 외출을 하는 것도 사람들 눈치가 보였다. 이틀사흘거리로 술 치례를 하던 순태도 구제역 소식이 있고부터는 만나는 것을 자제해 왔을 정도다. 참새방앗간 드나들 듯 오며가며 기웃대던 동네사람들의 발길도 뜸했다.

누구보다 아저씨가 걱정이다. 순태가 던져 놓고 간 소식을 어떻게 전해야 충격을 덜 받으실까? 췌장암으로 병원에 입원해 있는 아주머니 병원비 때문에 지난겨울 키우던 돼지를 절반도 넘게 팔았는데, 남은 돼지마저 구제역으로 잃게 생겼으니……. 나는 암으로 고생하는 아주머니보다 폐인처럼 흐느적거리는 아저씨가 더 불안했다. 살맛이 나야 일할 맛도 생기고 일을 해야 의욕도 생길 텐데. 하긴 답답하기로 따지면 나도 마찬가지였다.

전국으로 번진 구제역 소식은 하루도 빠지지 않고 톱뉴스를 장식했다. 매몰지 선정을 놓고 신경전을 벌이느라 지역 간 인심마저 흉흉해지고 과로로 방역 실무담당자가 쓰러지는 사건사고 소식이 전파를 탔다. 처음 구제역 신고가 있었을 때 발 빠르게 대처를 했더라면 전국으로 확산되는 것까지는 막을 수 있었을 텐데 이를 방치하는 바람에 피해가 커졌다는 질타도 쏟아졌다. 특집 프로그램에서는 주먹구구식의 대책, 그에 대한 책임추궁과 함께 구제역에 걸리지 않은 소 돼지까지 매몰처리 한 것을 놓고 패널들이 침을 튀기며 공방전을 벌이기도 했다. 상황이 이렇다 보니 축산농가들은 하루하루를 불안 속에 보낼 수밖에 없었다. 바이러스에 의해 구제역이 전국으로 확산되다 보니 이제는 잠깐 외출하는 것마저 동네사람들의 눈치를 봐야 했다. 이래저래 맥 빠지는 소식들뿐이었다.

생매장을 당하는 돼지들에 비하면 살처분을 받는 돼지는 그나마 선택받은 놈들이었다. 죽음에 이르는 고통의 시간을 3~5분 이내로 단축시켜 준다니 말이다. '내일이면 갈 텐데 밥이나 배불리 먹여서 보내야지요.' 먹이라도 실컷 배불리 먹여 보내겠다며 눈물을 글썽이던 농부의 모습이 머릿속에서 지워지지 않는다. 자신이 기르던 소를 떠나보내며 마지막으로 베풀 수 있는 것이 그것밖에 없었을 것이다. 죽음을 눈앞에 둔 소에겐 그야말로 최후의 만찬이었다.

먹이를 달라고 아우성이던 우리 속 돼지들의 모습이 주름진 농부의 모습과 겹쳤다. 내일모레면 구덩이 속에 묻힐 놈들, 태어나 언제 한 번 양껏 배 터지게 먹어 본 적이 있었을까. 나는 마치 돼지들이 부르기라도 한 것처럼 비틀대며 돈사로 달려갔다. 그리고 티브이에서 보았던 농부처럼 먹이통에 사료를 가득가득 쏟아 부었다. 밥이나 배불리 먹여서 보내야할 것 같았다.

먹이를 보자 돼지들이 자다 말고 우르르 몰려들었다.

"돼지 같은 놈!"

돼지는 역시 돼지였다.

"그래 양껏 처먹어라. 배가 터지도록! 생매장 돼 죽으나 배
터져 죽으나 내일모레면 끝날 목숨이다. 그러니 실컷 먹어둬
라."

울음이 나오려는 것을 간신히 참으며 사료를 차례차례 먹이
통에 부었다. 취기로 걸음을 제대로 걸을 수 없었지만 먹이 주
는 일을 멈출 수 없었다. 할 수만 있다면 돼지에게 막걸리라도
퍼 먹이고 싶었다. 놈들도 술에 취하면 아저씨처럼 세상 근심
다 뒤로 하고 깊은 잠에 빠질지도 모른다. 나는 미친 사람처럼
한참을 그렇게 돼지우리 앞에서 사료포대를 들고 씨름했다. 마
지막으로 새끼 밴 돼지가 모여 있는 산모방으로 갔다. 남은 사
료를 먹이통에 몽땅 쏟아 부었다.

"뱃속에 든 새끼 몫까지 많이 먹어. 죽을 때 죽더라도."

놈들도 달려와 먹이통에 주둥이를 처박는다. 그런데 까망이
만 먹이를 보고도 움직일 생각을 않는다. 낮에 보았을 때보다
더 힘들어 보였다. 까망이의 행동이 아무래도 수상했다. 산기
가 있는 게 분명했다. 술이 취한 상태였지만 직감으로 출산이
임박했음을 알 수 있었다. 들고 있던 빈 사료포대를 내던지고

안채로 달려갔다. 어디선가 짐승 울부짖는 소리가 들렸다. 그 소리는 안채가 가까워질수록 점점 더 크게 들렸다. 아저씨에게 무슨 일이 생긴 걸까. 장화를 벗을 새도 없이 현관문을 열고 뛰어 들어갔다. 아저씨는 티브이를 보며 눈물 콧물이 범벅이 된 채 소리 내어 울고 있었다. 아저씨의 울음소리에 화면 속 돼지들의 울부짖는 소리가 겹쳤다.

굴삭기 삽날이 구덩이 속으로 돼지들을 밀어 넣고 있었다. 발버둥치는 돼지들의 모습이 화면을 가득 채웠다. 구덩이에 갇힌 돼지들의 아우성! 그야말로 산 짐승이 울부짖는 통곡소리였다. 돼지들의 마지막 절규였다. 점점 좁혀져 오는 구덩이 속에서 그래도 살아 보겠다고 고개를 쳐들고 소리를 질러대는 돼지들을 보고 있자니 창자가 오그라드는 것 같았다. 티브이에 눈을 박고 있는 아저씨는 연신 손등으로 눈물을 훔쳤다.

세상에 태어나 처음으로 흙냄새를 맡았는데 그것도 잠시, 흙구덩이 속에서 죽음을 맞이하고 있는 불쌍한 돼지들

화면 아래로 한글 자막이 서서히 지나갔다. 흐린 시야에 잡힌 글자 하나하나를 속으로 따라 읽었다. 이틀 후면 다가올 우리 집 돼지들의 운명을 미리 보는 거였다. 툭! 힘없이 무릎이

꺾였다. 기도가 절로 나왔다. 제발 우리 돼지들만큼은 고통 없이 죽게 해주세요. 죽음을 앞둔 돼지들을 위해 내가 할 수 있는 일은 그것밖에 없었다.

구덩이 속으로 돼지들이 점점 쌓여갔다. 숨통이 막히는지 모두 고개를 쳐들고 있었다. 동공 확장, 죽음직전의 고통스런 모습으로 돼지들은 최후의 발악을 하고 있었다. 그중 까만 돼지 한 마리가 눈에 들어왔다. 가슴이 철렁 내려앉았다. 술이 확 깨는 것 같았다. 그제야 산통으로 괴로워하고 있을 까망이가 생각났다. 뉴스가 끝났는데도 아저씨는 여전히 화면에서 눈을 떼지 못한 채 두 눈에 눈물을 매달고 있다.

"아저씨! 까망이가 아무래도 좀 이상해요."

까망이의 상태를 설명하며 곧 새끼를 낳을 것 같다고 말했지만 아저씨는 못들은 척 반응이 없다. 멍하니 티브이에 눈을 둔 채 꿈쩍을 않는다. 급한 마음에 아저씨의 팔을 잡아끌었다. 더 이상 시간을 끌었다가는 초산인 까망이가 잘못될지도 모른다.

"제발 정신 차리고 돼지우리에 좀 가보세요. 말 못하는 짐승이라고 그렇게 내버려 둘 거예요?"

화가 나서 소리를 지르자 아저씨는 그제야 마지못해 일어섰다.

출산이 임박했는지 까망이는 거친 숨을 몰아쉬며 괴로워했다. 나는 차마 그 모습을 지켜 볼 수가 없어 우리에서 대여섯 발자국 떨어졌다. 아내의 마지막 모습이 떠올랐다. 혼자 얼마나 무섭고 고통스러웠을까. 까망이는 곧바로 출산방으로 옮겨졌다.

출산방은 어미돼지가 새끼를 낳을 때만 쓰는 돼지우리였다. 임신한 돼지들이 쾌적하고 편안한 분위기에서 새끼를 낳을 수 있게 꾸며진 우리였다. 그래 봤자 짚을 새로 깔고 적당한 실내 온도에 외부 소음을 차단해 주는 정도였다. 아저씨는 두꺼운 천 비닐로 우리 주위를 가려주는 등 바쁘게 움직였다. 조금 전까지 티브이를 보며 짐승처럼 울어대더니 언제 그랬냐는 듯 까망이의 출산을 돕고 있었다. 나는 멀찍이 서서 아저씨가 하는 양을 바라보았다. 경험이 많은 아저씨는 시종일관 침착했다.

"출산을 앞둔 돼지는 무척 예민하거든. 스트레스를 받으면 제 새끼를 물어 죽이는 놈도 있어. 그래서 새끼 낳는 것을 돕는다고 함부로 우리 안에 들어가면 안 돼. 새끼를 낳은 다음에도 한동안 조심해야 하고. 사람처럼 산후 우울증을 앓기도 하거든."

"새끼를 배면 예민해지는군요. 짐승들도 우울증을 앓는다는 얘긴 처음 들어요. 매번 볼 때마다 느끼는 것이지만 사람이든 짐승이든 한 생명을 세상에 내보내는 일이 쉬운 일은 아닌 것 같아요. 처음 보는 것도 아닌데 난 아직도 적응이 안 돼요. 무섭기도 하고."

"무섭긴, 그동안 우리 돈사에서 새끼 낳다 죽은 돼지는 한 마리도 없다네."

아저씨가 소리 내어 웃었다. 하지만 나는 웃을 수가 없었다. 자꾸만 아내 생각이 났다. 까망이의 출산을 돕는 아저씨처럼 그때 내가 아내 곁에 있었더라면, 그랬다면 아내와 아이가 무사했을까? 다 지나간 일이긴 했지만 아내를 생각하면 가슴이 미어졌다. 눈물이 쏟아지려는 걸 간신히 눌러 참았다.

아내가 떠나고 혼자 남겨졌다는 생각이 들 때가 많다. 그때마다 아저씨에게 기대게 된다. 마음 붙일 데 없어 외로움이 목구멍까지 차오르면 오년 전 고향을 찾았을 때 아저씨가 내게 했던 말을 떠올리며 다시 힘을 얻곤 했다.

사채업자에게 쫓겨 숨어든 곳이 바로 아버지 묘소였다. 숨어들었다기보다는 죽을 자리를 찾아 왔다는 말이 더 정확한 것인지도 모르겠다. 그동안의 불효를 용서해 달라고, 곧 부모님 곁으로 가겠다는 말을 하고 싶었지만 차마 입이 떨어지지 않았다. 준비해 간 소주를 종이컵 가득 따라 놓고 절을 올렸다. 마지막이라고 생각하니 모든 게 다 용서가 됐다. 어린 나를 달랑 혼자 남겨두고 떠난 부모님에 대한 원망도, 나를 사지에 몰아넣은 사채업자까지도. 준비해간 약을 입에 털어 넣고 반쯤 남은 소주를 병째로 들이켰다. 시간이 지나면서 온몸의 힘이 바닥으로 내려앉았다. 봉분을 뒤로하고 반듯하게 누웠다. 눈에 들어오는 하늘이 파랬다. 이별, 패배, 죽음 같은 절망적인 색깔이 아니어서 다행이었다. 아주 잠깐 살고 싶다는 충동을 느꼈다. 목구멍을 통과한 수면제는 제 역할에 충실했다. 가물거리는 의식 속에서 마흔 살의 흔적들이 너덜거리다 하나둘 잘려나갔다. 탈탈탈 멀리 경운기 소리가 들리는 것도 같았다. 가물가물 잡히던 경운기소리가 점점 멀리, 또 가까이 들렸다.

"정신 차려. 눈 좀 떠 봐 성배야! 도대체 이게 뭔 일이라니."

누군가 계속해서 내 이름을 불러댔다. 뺨에 느껴지는 기분 나쁜 이 감촉은 또 뭐지? 얼마 전에 만났던 사채업자의 매운 손맛이었다. 두 뺨이 화롯불을 쬐었을 때처럼 화끈거렸다. 까무룩 다시 정신을 잃었다. 깨어 보니 읍내 병원이었다. 목숨을 버리는 것도 내 맘대로 되는 게 아니었다.

"사지 멀쩡한 젊은 놈이 죽긴 왜 죽어. 고향 떠날 땐 그만한 각오가 있었을 거 아녀. 혼자 몸뚱이라고 그렇게 함부로 굴리면 쓰겄냐. 내 너를 단박에 알아봤다. 씨도둑질은 못 한다고 어릴 땐 모르겠더니 근수형님 판박이여. 이마 훤한 것하고 껑충

한 키까지 멀리서 봐도 누군지 금방 알아먹겠더라니까."

깨어나 몸을 추스르기도 전, 아저씨의 폭풍 잔소리를 들어야했다. 결국 아저씨에게 발목을 잡혔다. 먼 친척, 내겐 유일한 일가붙이였다. 아저씨는 빈 집을 수리해 거처를 마련해 주고 일자리까지 내줬다. 돈사에서 돼지를 돌보는 일이었다. 생전 처음 해보는 일이라 힘들었지만 몸이 고된 것에 비하면 마음은 편했다.

초산의 불안을 뒤로하고 까망이는 모두 아홉 마리의 새끼를 낳았다. 새끼돼지를 보자 오랜만에 아저씨 얼굴에 화색이 돌았다. 나는 아저씨가 시키는 대로 냉동실에 있는 쇠고기와 굴을 넣고 들통 가득 미역국을 끓였다. 생각해 보니 아내는 내게 미역국 끓일 기회조차 주지 않고 떠났다. 모든 것이 자꾸만 아내와 이어졌다. 까망이의 출산으로 아저씨는 한껏 들떠 있었다. 순태가 왔다 갔다는 얘기를 하려다 몇 번이나 기회를 놓치고 말았다. 어떻게 해야 아저씨가 충격을 덜 받을까? 나는 그 생각만 했다. 마음의 준비가 돼 있다고 해도 기르던 돼지 육십여 마리를 생매장시킨다는 것은 생각만 해도 끔찍한 일이었다. 어쨌든 까망이가 새끼를 낳은 경사스러운 날에 살처분 얘기를 꺼낼 수는 없었다. 적당한 기회를 봐서 말하기로 마음먹고 내 방으로 갔다. 쉽게 잠이 오지 않았다.

아내 생각으로 뒤척이다 새벽녘에 깜빡 잠이 들었다. 바다가 내려다보이는 언덕 위에 집채만 한 어미돼지가 새끼를 주렁주렁 매단 채 젖을 물리고 있었다. 머리를 치받으며 어미젖을 빨아대는 새끼들은 모두 건강해 보였다. 꼬물거리는 새끼돼지들을 바라보다가 잠이 깼다. 돼지와 함께 하는 시간이 많다보니 꿈에서조차 돼지로부터 자유로울 수가 없는 모양이다. 새끼를 주렁주렁 달고 있는 돼지꿈, 길몽이 틀림없다. 꿈에 본 돼지 새끼가 눈에 어른거렸다. 그런데 왜 자꾸만 이유 없이 기분이 가라앉는 것일까?

여느 때보다 조금 일찍 돈사로 나갔다. 새끼를 낳은 까망이 식사부터 챙겼다. 다행히 어미도 아홉 마리의 새끼돼지도 모두 건강했다. 눈도 못 뜬 채 젖을 빨고 있는 새끼들을 보자 또다시 울컥했다. 태어나자마자 죽음으로 내몰린 자신들의 운명을 알기나 할까. 젖을 먹느라 정신없는 새끼돼지들이 안쓰러웠다. 나는 쉽게 자리를 뜨지 못하고 한참을 그렇게 까망이와 새끼돼지들을 바라보았다.

아저씨가 병원에 들렀다 오겠다며 집을 나선 것은 열한 시가 조금 넘어서였다. 먹이를 줄 때 말고는 가까이 가지 말라며 몇 번이고 같은 말을 반복했다. 나는 건성으로 대답하며 병원에 가지고 갈 과일과 음료수를 챙겨드렸다. 어쩌면 잘된 일인지도 몰랐다. 얼굴 마주 보고 얘기하는 것보다 전화로 얘기하는 것이 훨씬 더 편할 것 같았다. 순태가 다녀간 후 내 머릿속은 온통 죽음 직전에 놓인 돼지 생각뿐이다.

돈사 일을 거들면서 나는 동네에서 돼지아빠로 통했다. 싫지 않았다. 아이의 태명이 돼지였을 정도로 집에서나 일터에서나 나는 돼지아빠였다. 동네사람들은 지금도 나를 여전히 돼지아빠로 부른다.

순태의 전화를 받은 것은 오후 세 시가 넘어서였다. 돼지를 싣고 갈 트럭이 내일 아침 열 시에 온다고 했다. 보상 문제가 남아 있으니 수량 파악을 정확히 해달라고 했다. 순태와 통화가 끝나자마자 아저씨에게 전화를 했다. 더 이상 미룰 수가 없었다. 아무것도 모르는 아저씨는 전에 없이 밝은 목소리로 전화를 받았다. 내가 머뭇거리자 대뜸 까망이에게 무슨 일이 생겼냐며 넘겨짚는다.

"그게 아니구요. 내일 아침 열 시에 돼지들 싣고 갈 차가 온대요."

용건만 간단하게 말하고 서둘러 전화를 끊었다. 곧바로 전화벨이 울렸다. 아저씨였다.

"뭔 소리여. 그럼 우리 돼지도 텔레비전에서 본 그것처럼 그렇게 구덩이 속에 묻어버리겠다 그말이여 시방?"

"사실은 어제 순태가 다녀갔어요. 아저씨도 뉴스 봐서 잘 아시잖아요."

내 이야기가 다 끝나기도 전에 아저씨는 전화를 끊어버렸다. 아저씨는 밤늦게까지 돌아오지 않았다. 전화기도 꺼진 상태였다. 연락할 방법이 없었다. 답답했다. 밤늦게까지 돈사 주변을 서성거리며 아저씨를 기다렸다. 새끼들을 품고 잠들어 있는 까망이의 모습은 그 어느 때보다 평온해 보였다. 살며시 다가가 손전등을 비추자 잠들어 있는 줄만 알았던 까망이가 숨을 훅! 몰아쉬며 경계태세를 보였다. 재빨리 불을 끄고 돈사를 빠져나왔다.

돼지들의 아침식사 시간을 한 시간 앞당겼다. 사료포대를 들고 다가가자 돼지들은 합창이라도 하듯 소리를 내지르며 일제히 먹이통 앞으로 다가왔다. 놈들의 마지막 식사시간이었다. 사료를 부어주며 돼지들에게 인사를 건넸다.

"미안하다, 다음에는 절대로 돼지로 태어나지 말아라."

열 시 조금 넘어 8톤 트럭 두 대를 앞세우고 순태가 왔다. 간단한 절차가 끝나고 돼지들이 차례로 실려나갔다. 우리를 벗어난 돼지들은 방향 감각을 잃고 헤맸다. 차에 오르지 않으려고 버티다 회초리 세례를 받는 놈도 있었다. 나는 그 모습을 더 이상 바라볼 수가 없어 순태에게 뒷일을 맡기고 안채로 들어왔다. 냉장고에서 소주를 꺼내 병나발을 불었다. 아저씨 휴대전화기는 여전히 불통이다. 씨발! 나도 모르게 욕이 튀어나왔다. 순태가 안채를 향해 뭐라 소리를 질러댔지만 대꾸하지 않았다. 작업이 끝났는지 트럭 떠나는 소리가 들렸다. 귀청을 때리던 돼지들의 울음소리도 점점 멀어져갔다. 돼지를 실은 트럭이 이내 시야에서 사라졌다. 떠나기 전 까망이와 눈맞춤이라도 할 걸 그랬나? 머리가 핑 돌면서 다리가 풀렸다. 나는 그 자리에 풀썩 주저앉았다. 빈속에 마신 술 때문만은 아닌 것 같았다. 아내가 죽고 난 뒤 나는 처음으로 소리 내어 울었다.

눈을 떠보니 티브이가 혼자 떠들고 있다. 빈속에 소주를 들이부어서 그런지 뱃속이 고춧가루를 뿌려놓은 것처럼 홧홧했다. 냉수를 들이켜고 나자 조금 정신이 드는 것 같았다. 아저씨는 아직도 돌아오지 않았는지 기척이 없다. 안채로 가던 발길을 돌려 돈사로 향했다. 금세라도 먹이통을 향해 돼지들이 우르르 몰려들 것만 같았다. 천천히 까망이가 머물던 출산방 쪽으로 걸음을 옮겼다. 산후조리도 못하고 떠난 놈은 지금쯤 영원한 잠에 들어 있겠지. 그런데 저건 뭐지?

플래시 불빛에 뭔가 움직이는 게 보였다. 세상에! 아직 살아 있었다. 새끼돼지들이 한데 모여 꼬물거리고 있었다. 어미돼지를 싣느라 갓 태어난 새끼돼지는 미처 챙길 겨를이 없었나보다. 나는 재빨리 가림막을 젖히고 우리 안으로 들어갔다. 네 마리는 이미 죽은 상태였다. 젖을 찾아 헤매던 새끼들은 손을 내밀자 일제히 주둥이를 들이댔다. 나도 모르게 눈물이 핑 돌았다.

"까망아! 새끼들은 걱정하지 마. 내가 잘 키워줄게."

살아남은 새끼들을 하나씩 들어 점퍼 속에 집어넣었다. 따뜻한 온기가 느껴졌다.

손바닥 노트

부산동부경찰서에서 걸려온 전화를 받은 건 이륙 직전 비행기 안에서였다. 저쪽에서는 대뜸 한지영을 아느냐고 물었다. 경찰이라는 말에 지은 죄 없이 목소리가 기어들어 갔다. 한지영과 경찰? 쉽게 연결이 되지 않았다. 막연한 불안감, 왠지 느낌이 좋지 않았다. 뭔가 성가신 일에 연루된 게 분명했다. 한지영 그러니까 '소리'와는 하루에도 수십 통의 메시지를 주고받을 만큼 각별한 사이였다. 그럼에도 한지영을 아느냐는 물음에 '조금'이라는 말이 먼저 튀어나왔다.

"한지영 씨가 오늘 아침 자택에서 시신으로 발견됐어요. 마지막으로 연락한 사람이 김성주 씨로 돼 있어 전화 드렸습니다. 자세한 것은 만나 뵙고 말씀드리겠습니다. 사건 해결을 위해 협조 부탁드립니다."

"소리가 죽었다구요? 왜, 무슨 일로?"

소리가 죽었다는 말을 듣는 순간 머릿속이 하얗게 바래지는 것 같았다.

"전화로 말씀드리기는 좀 그렇고, 부검을 의뢰했으니 정확한 사인은 결과가 나와 봐야 알 것 같습니다. 여러 가지 정황상 자살로 추정하고 있습니다만."

"부검을 한다구요? 소리를요?"

"김성주 씨가 말하는 소리라는 분이 한지영 씨와 동일 인물인가요?"

"네. 한지영이 소리 맞습니다."

소리의 갑작스런 사망 소식이 믿어지지 않았다. 경찰은 자살로 추정하는 것 같았다. 설마, 그럴 리가? 내가 아는 소리는 스스로 목숨을 끊을 만큼 모진 여자가 아니었다. 아무리 생각해 봐도 짚이는 게 없었다. 형사가 뭐라고 계속 떠들어 댔지만 더 이상 아무 말도 귀에 들어오지 않았다. 비행기 안이라고 하자 형사는 돌아오는 대로 연락 달라며 전화를 끊었다.

서른다섯, 소리는 왜 거기서 스스로 생을 멈춰야만 했을까? 어젯밤 늦게까지 주고받은 메시지를 다시 한 번 훑어보았다. 죽음을 암시하는 그 어떤 단서도 들어 있지 않았다. 안구 건조증으로 안과에 다녀왔다는 내용도 그렇고, 이유 없이 살이 빠져 고민이라며 느닷없이 나의 이상형을 물어왔을 때도 평소처럼 농담을 주고받았다. 비쩍 마른 체형보다는 섹시스타 '경리' 같은 글래머가 좋다고 하자 곧바로 폰 화면 가득 하트모양의 이모티콘을 보내왔다. 그것이 소리와 주고받은 마지막 메시지였다. 빠르게 문자를 조합해 나갔다. 자꾸만 오타가 났다.

별일 없지? 세미누드 사진촬영대회가 있어 제주도 가는 중. 비행기 안이야. 이 메시지 받는 대로 답장 줘. 알았지? 공항에 내려서 전화할게.

평소 하던 대로 안부 메시지를 보내고 서둘러 휴대폰을 껐다. 탑승 전에 경찰의 전화를 받았다면 제주행을 포기하고 부산으로 달려갔을지도 모른다.

악몽이라면 빨리 깨어나고 싶다. 자살과 이어지는 단어들이 부유물처럼 눈앞에 둥둥 떠다녔다. 우울증, 수면제, 압박붕대, 유서, 머릿속은 헬륨가스를 집어넣기라도 한 것처럼 금세라도 펑! 하고 터질 것만 같다. 꺼져있는 전화기를 자꾸만 들여다보았다. 소리가 보낸 메시지가 도착해 있을 것만 같아서였다.

카페 photo essay방에 사진을 올리는 날이면 방문자 수가 어느 때보다 몇 배로 늘어났다. 조회 수가 많을수록 댓글도 줄줄이 달렸다. 황매산 철쭉축제 때 찍은 사진을 올렸을 때도 예외는 아니었다. 소리의 댓글이 첫 번째로 올라왔다.

좋네요. 역쒸! 그런데 이렇게 아름다운 꽃을 볼 수 없는 사람도 있답니다. 불행한 일이죠. 이건 어디까지나 가정인데요. 만약에 운영자님이 장애를 안고 태어날 운명에 놓인다면, 그래서 그중 하나를 선택해야 한다면 시력, 언어, 청각장애 중 어느 쪽을 선택하시겠어요?

댓글을 읽는 순간 소름이 돋았다. 만약이란 전제를 깔긴 했지만 아름다운 꽃 사진을 보며 왜 하필 장애인을 들먹이는 걸까? 상투적이긴 해도 예쁘다거나 멋있다면 족할 것을……. 카페 회원들이 개방적이고 표현이 자유롭다는 건 알고 있었지만 대놓고 그런 엉뚱한 질문을 받기는 처음이었다. '소리'란 닉네임에서 느껴지는 맑음, 상쾌함과 달리 그녀의 글에선 무거운 중음의 쇳소리가 났다. 너무 어둡고 무거운 질문에 쉽게 답을 할 수 없었다. 시간이 지나면서 게시물은 자연히 뒤쪽으로 넘어갔다. 그런데 카페를 들락거릴 때마다 내게 던져 놓은 그 짧은 댓글이 자꾸만 신경 쓰였다. 그냥 지나치기엔 뭔가 개운치가 않았다.

앞을 못 보는 사람과 말을 못하는 사람 그리고 듣지 못하는 사람, 세 유형의 장애인을 놓고 끊임없이 저울질을 했다. 무음으로 티브이를 시청하기도 하고, 눈을 감고 공원길을 걸어보기도 했다. 직접 체험까지 하며 댓글 하나에 집착하는 내 모습이 우습기도 했다. 그렇게 열흘이 훌쩍 지나갔다. 나는 밀린 숙제를 하듯 게시글에 댓글을 달았다. 굳이 하나를 고르라면 언어장애 쪽을 선택하겠다고. 몇 번의 가상체험을 통해 얻은 결과였다. 언어나 청각장애보다는 사물을 볼 수 없는 시각장애가 사회활동을 하는데 제약이 많을 것 같았다. 듣지 못하면 표정으로 읽을 수 있고 언어전달은 수화로도 얼마든지 가능한 일이었다. 곧바로 꼬리 글이 달렸다.

댓글 감사합니다. 저도 같은 생각이에요. 통하는 게 있어 좋네요.

시작은 그랬다. 그녀는 수시로 카페를 드나들며 여기저기 흔적을 남겼다. 커피를 마실 때도 그랬고, 자신이 직접 만든 요리와 공원 풍경 심지어 영화 예매표까지 사진을 찍어서 올렸다. 덕분에 카페는 북적였고 자유게시판이나 앨범 방 등 몇 개의 창에는 늘 불이 켜져 있었다. 특별할 것도 없는 그녀의 일상을 그렇게 들여다보게 됐다.

개인적으로 카톡을 주고받을 만큼 가까워지면서 나는 그녀를 본명인 한지영 대신 '소리'로 불렀다. 하긴 카페를 드나드는 회원은 모두 닉네임으로 통했다. 소리. 어감도 좋고 무엇보다 부르기 편해서 좋았다. 왠지 사람 냄새가 나는 것도 같았다.

한지영. 부산 출생. 35세. 모태솔로. 취미는 영화감상과 사진촬영.

회원정보란에 올라있는 그녀의 프로필이었다. 영화 보기, 사진 찍기 등 나와 취미가 같다는 것에 우선 합격점을 주었다. 그녀의 말대로 취미가 같다는 것만으로도 한 뼘 가까워진 느낌이었다. 뭔가 얘기가 통할 것도 같았다. 그녀는 이미 나에 대해 많은 것을 알고 있었다. 회원정보란에 있는 소리의 블로그 주소를 따라가 보았다. 놀랍게도 〈best friend〉라는 카테고리를 만들어 많은 양의 내 글과 사진들을 옮겨 놓았다. 부분적으로 편집된 사진들도 눈에 띄었다. 편집을 거치면서 전혀 다른 분위기로 탈바꿈한 사진이 있었지만 개의치 않았다. 그것마저도 그녀의 취향이고 나에 대한 관심인 것 같아 모르는 척했다. 개인전이나 대회출품용 사진은 비공개로 따로 저장해 놓았기 때문에 크게 신경 쓰지 않아도 됐다.

잠시 들렀다 갑니다.

가입인사로 방문 흔적을 남겼다.

서로 신상을 털고 나자 그녀는 곧바로 존칭부터 잘라먹었다. 나를 마치 십년지기 대하듯 했다.

베프! 내가 두 살 연상인 건 알고 있죠? 이제부터 존칭 생략. 대화는 문자로 주고받기.

저야 나쁠 거 없습니다. 근데 지극히 일방적이네요.

그녀의 부탁대로 의사소통은 문자메시지로만 가능했다. 문자조합이 서툰 나는 불편했지만 왜 꼭 그래야만 하는지는 묻지 않았다. 카페 회원은 아니었지만 소리와 비슷한 유형의 사람이 있었다. 매일 대여섯 통의 문자메시지를 보내는 사람이었다. 자신을 화가라고 소개한 그녀는 처음부터 일방적이었다. 작업 중인 미완성 작품이나 화실 풍경을 찍어 보내기도 하고 아주 가끔은 자신의 모습을 영상에 담아 보내기도 했다. 단발머리에 안경을 쓴, 선이 고운 여자였다. 그것이 사진을 통해서 본 그녀의 첫인상이었다. 하지만 그녀의 작품이나 얼굴모습을 보면서도 어떤 특별한 느낌 같은 것은 없었다. 다행히도 그녀가 보내오는 메시지엔 물음표가 없었다. 그래서인지 답장을 안 해도 부담이 없었다. 어쩌면 처음부터 답장 같은 건 기대하지 않았는지도 모르겠다. 날씨 이야기, 작품이야기, 여행을 하면서 겪었던 일상의 소소한 이야기들, 가끔은 자살을 암시하는 글로 염세주의자 같은 느낌을 주기도 했지만 그로 인해 내가 혼란스럽거나 심적 부담을 느낄 정도는 아니었다.

알 수 없는 것은 그 많은 문자메시지를 보내면서 단 한 번도 전화 통화를 하지 않았다는 사실이다. 당연히 목소리를 들은 적도 없다. 투명인간도 아니면서 휴대폰 수신함에서만 존재하는 목소리 없는 여자, 혹시 언어장애가 있는 사람은 아닐까 의심이 들기도 했다. 사실 그 여자에 대해서 아는 것이 아무 것도 없었다. 목소리가 허스키한지 솔음의 하이 톤인지, 키가 큰지 작은지, 뚱뚱한지 말랐는지……. 하긴 내 쪽에서 먼저 그녀의 실체를 확인해 볼 수도 있었다. 유혹이 없었다면 거짓말일 게 다. 하지만 나는 장난으로라도 전화번호를 누르는 따위의 짓은 하지 않았다. 누가 먼저랄 것도 없이 지켜온 불문율을 내 쪽에서 먼저 깨고 싶지 않았다. 굳이 새로운 인연을 만들고 싶지 않았다는 게 더 솔직한 표현인지도 모른다. 지치지도 않고 안부 메시지를 전해오던 여자. 난 누굴 위해 그처럼 마음 보탠 적이 있었던가. 이제는 그마저도 지난 얘기가 됐지만.

문자메시지로만 소통이 가능한 사람, 소리도 어쩌면 그런 유형의 여자가 아닐까 하는 생각이 들었다. 다른 것이 있다면 화가인 여자가 일방적이었다면 소리와는 매일 메시지를 주고 받는다는 사실이었다. 느리기만 했던 문자조합도 이제는 제법 속도가 붙었다. 문자메시지, 아니 소리에게 점점 빠져들었다. 시도 때도 없이 울어대는 메시지 알림음. 어느새 나는 그것에 길들여지고 있었다.

카페 photo essay방에 저장된 사진들을 보니 풍경사진보다는 인물 중심의 사진들이 많았다. 그중 누드사진이 칠팔십 퍼센트를 차지하고 있었다.

누드사진을 찍게 된 동기가 무엇인지 궁금해요. 그쪽에 관심이 많은가 봐요?

소리의 질문에 장문의 답장을 보냈던 적이 있다. 우연한 기회였다. 사진에 관심을 갖게 된 것도 그리고 누드사진에 꽂히게 된 것도.

일본 출장길에서였다. 호기심에 들러본 성인 나이트클럽, 운명처럼 그곳에서 전라의 무희를 만났다. 실오라기 하나 걸치지 않은 여체는 그동안 내가 생각했던 것처럼 그렇게 외설스럽지 않았다. 완전체, 그야말로 예술 그 자체였다. 여자의 몸이 그처럼 아름다울 수 있는지, 표정 하나 동작 하나하나를 스캔해 두고 싶을 정도로 신비스러웠다. 그 어떤 표현으로도 내 감정을 드러낼 수 없었다. 무대 위 장면 하나하나를 두 눈에 담았다. 카메라를 하나 장만해야겠다고 마음먹은 것도 그때였다. 카메라를 손에 넣기까지 행복지수, 엔도르핀 수치 최고점을 찍었다. 두 달 치 월급이 날아갔다. 하나도 아깝지 않았다. 클럽에서 본 무희가 아니었다면 지금의 사진작가 김성주도 없을 것이다.

소리는 내가 올리는 사진에 꼬박꼬박 댓글을 달았다. 빛이 너무 들어갔다거나 구도가 안 맞는다는 등. 처음엔 그저 사진에 관심이 많거나 나의 대한 관심도라 생각했다. 그런데 그게 아니었다. 작품을 보는 눈이 예사롭지 않았다.

이연주 갤러리에서 얀 사우덱의 사진전이 있는데 부산 구경도 할 겸 시간 비워 놓을래?

소리 방식의 데이트 신청이었다. 사진전은 나를 만나기 위한 구실인지도 몰랐다. 나쁠 것 없었다. 그렇잖아도 소리를 한번 만나보고 싶었다. 곧바로 답장을 보냈다.

ktx 타고 소리 찾아갑니다. 17일 12시 부산역 도착 예정.

소리는 부산역으로 마중을 나오겠다고 했다.

여자를 만나러 가면서 긴장하기는 처음이었다. 소리가 호락호락한 여자가 아니란 건 느낌으로 알 수 있었다. 메시지를 주고받을 때마다 직설적이고 저돌적인 성격이 그대로 드러났다. 소리의 장점이자 단점이었다. 부산역에 도착하기도 전 소리의 문자메시지가 먼저 도착했다.

카페 〈마주보기〉야. 친구들이랑 함께 있는데 곧장 카페로 오셩.

소리는 부산역이 아닌 커피숍에서 나를 기다리고 있었다. 친구들에게 나를 공개할 생각인가? 첫 만남을 위해 이벤트까지 준비했는데 기대는 보기 좋게 무너졌다. 카페 〈마주보기〉는 역에서 멀지 않은 곳에 있었다. 문을 열고 들어서자 사람들의 시선이 일제히 내게 쏠렸다. 삼십여 평 남짓한 가게 안은 조용했다. 음악소리조차 들리지 않았다. 쏟아지는 시선이 부담스러웠다. 그 시선 속에 소리가 있다고 생각하니 더 쑥스러웠다. 그때, 뻘쭘하게 서 있는 나를 향해 손을 들어 보이는 여자가 있었다. 한눈에 그녀가 소리라는 것을 알 수 있었다. 하지만 나는 못 본 척 창가 쪽 빈자리를 찾아 앉았다. 여자들 틈에 낄 자신이 없었다. 약속을 어긴 소리에 대한 서운한 감정 탓도 있었다. 자리에 앉기도 전에 메시지가 도착했다.

잘 찾아왔네. 오늘이 내 생일이야. 친구들이 연락도 없이 생일 축하파티 해준다고 쳐들어 왔어.

생일인 줄 알았으면 선물을 준비했을 텐데. 나 신경 쓰지 말고 친구들과 즐거운 시간 보내. 커피 마시고 일어날게. 전시장엔 언제 갈 거야?

미안, 조금만 기다려. 기분 상한 거 아니지?

테이블 너머 한 공간에 앉아 있으면서도 서울에 있을 때처럼 문자를 주고받았다. 안 보는 척했지만 나도 모르게 소리가 있는 테이블 쪽으로 눈이 갔다. 커피 한 잔을 다 비울 때까지 소리는 오지 않았다. 음악이라도 있으면 덜 지루했을 텐데. 분위기 있는 카페에 음악이 없다는 게 좀 이상했다. 이른 시간이라 그런가? 이상한 것은 그뿐 아니었다. 가만 보니 소리의 행동이 여느 사람과 달랐다. 수화로 대화를 나누고 있었다. 친구들도 마찬가지였다. 문자로만 의사소통을 하자던 소리, 그게 이 때문이었나.

그렇다면 나를 부산까지 부른 이유는 뭘까? 이쯤에서 자신의 모습을 있는 그대로 보여주고 싶었던 걸까. 의문부호를 찍으며 생각이 꼬리를 물었다. 조금 더 지켜보기로 했다. 수화를 한다고 해서 모두가 말을 못하는 건 아닐 것이다. 그렇게 믿고 싶었다. 빈속에 마신 커피가 위벽을 훑는지 가슴께가 뻐근했다.

소리가 내 앞에 나타난 건 리필한 커피가 바닥을 보일 때쯤이었다. 소리가 먼저 손을 내밀어 악수를 청했다. 소리는 자리에 앉자마자 손바닥만 한 수첩을 내밀었다. 역시 슬픈 예감은 빗나가지 않았다. 소리에게 언어장애가 있는 게 분명해졌다.

지금부터 대화는 필담으로. 상황 판단 끝났을 테니 무슨 얘긴지 알겠지.

나는 소리를 빠히 쳐다보았다. 고운 피부에 이목구비가 뚜렷한 미인형. 펜을 쥔 손이 떨렸다.

반가워. 그런데 무슨 인사법이 그래. 사람 불러 놓고 바보 만들기야?

예쁘다고 쓴 수첩을 들어 보이자 소리가 고개를 끄덕이며 웃어 보였다. 두 사람의 대화는 테이블 위에서 펜글씨를 따라

이어졌다. 필담으로 밀린 이야기를 나누기에는 한계가 있었지만 의사소통에는 문제가 없었다. 볼수록 안타까운 마음이 더해졌다. 눈앞에서 확인을 했으면서도 믿고 싶지 않았다. 소리가 말을 못한다고 미리 고백했다면 그래도 부산행 기차를 탔을까?

비록 말은 못했지만 환하게 웃는 소리의 모습이 보기 좋았다. 가까이서 소리의 표정을 읽을 수 있다는 것만으로 만족했다.

많이 놀랐지? 마중 나가려고 했는데 날 보면 실망해서 곧바로 되돌아갈지 모른다는 생각이 들었어. 그래서 여기로 오라고 한 거야. 미안해. 아무튼 이렇게 와 줘서 고마워.

왜 있지도 않은 걱정을 미리하고 그래. 내가 그 정도밖에 안 되는 남자로 보여?

경험으로 미루어 보면 그래. 외모만 보고 들이대던 남자들이 내가 언어장애가 있는 줄 알면 그걸로 끝이더라고. 하지만 걱정 마. 연애 한 번 못해본 숙맥은 아니니까. 베프도 어쩌면……. 그렇더라도 부산 구경은 하고 가야지? 전시회장도 들르고. 나가자. 배고프지?

얘기를 하다말고 소리는 자리를 털고 일어섰다.

생일인데 주인공이 빠지면 안 되잖아. 친구들은?

내가 이 카페 사장인 거 몰랐지? 오늘 임시휴일이야. 조금 있으면 친구들이 또 몰려 올 거야. 그 전에 사라지자구. 부산에 머무는 동안 모든 스케줄은 내게 맡기고.

조금 불안했지만 따르기로 했다.

소리가 예약한 레스토랑에서 점심식사를 하고 전시회장으로 향했다. 갤러리를 둘러보는 동안 소리는 사뭇 진지했다. 카페에서 볼 때와는 또 다른 모습이었다. 그동안 메시지를 통해 많은 이야기를 주고받았지만 만남은 이번이 처음이다. 처음 만난 남녀가 누드사진전을 둘러본다는 것이 평범한 사고를 가진 사람들이 할 수 있는 행동은 아니었다.

갤러리는 생각보다 많은 사람들로 붐볐다. 블로그에 올라온 사진을 통해 미리 숨 고르기를 한 때문인지 소리는 전라의 사진 앞에서도 얼굴색 하나 변하지 않았다. 당당하게 자신의 느낌을 글로 써 보이거나 내게 질문을 하기도 했다. 나의 작품세계를 되돌아볼 수 있어 좋았다. 부부, 연인, 모자, 부녀 등 다양한 인간관계를 표현한 사진을 둘러보며 포르노와 예술의 경계는 어디까지일까에 생각이 미치자 전라의 모습으로 춤을 추던 클럽에서 본 무희의 모습이 떠올랐다.

최초 누드화가가 스페인 출신의 고야라는 건 알고 있지?

전시장을 둘러보고 나왔을 때 소리가 내게 던진 첫 번째 질문이었다. 내가 잘 모르겠다는 표정으로 얼버무리자 볼펜을 쥔 소리의 오른손이 바삐 움직였다. 고야가 그린 '옷을 벗은 마하'가 바로 그것이라고 했다. 가족들은 죽은 지 20년이나 된 그림 속 모델의 주인공 알바공작 부인의 무덤을 파헤쳐 그림 속 마하의 골격까지 확인했고, 그 일로 7년 동안 법정소송에 휘말리기도 했다며 친절하게 설명해 주었다. 우리나라에선 조선 마지막 황태자 영친왕이 누드에 관심이 많아 직접 그림을 그리기도 했다고 한다.

소리가 사진이나 그림에 관심이 많다는 건 알고 있었지만 그 정도로 꿰고 있는 줄은 몰랐다. 알고 보니 소리는 대학에서 그림을 전공한 미술학도였다. 관심 정도가 아닌 전문가 입장에서 출품된 작품들을 살펴보았던 것이다. 사진작가와 화가가 같은 시각을 가질 수는 없겠지만 많은 부분 공통점이 있다는 걸 알 수 있었다. 부산행 ktx를 탈 때만 해도 사진전 초대가 순전히 나를 만나기 위한 미끼라 짐작했는데 그게 아닌 것 같아 부끄러웠다. 함께 있는 시간이 길어지면서 소리의 또 다른 면을 보는 게 마냥 즐거웠다.

내가 어찌 사는지 궁금하지 않아? 오늘 올라갈 거 아니면 우리 집으로 가자.

시간이야 얼마든지 쓸 수 있지만 그렇다고 여자 혼자 사는 집에 어떻게?

그런 이유 때문이라면 괜찮아. 부산에 있는 동안은 내게 맡기기로 했잖아.

거절했지만 통하지 않았다. 소리가 하자는 대로 따르기로 했다. 부산 지리도 잘 모르고, 무슨 일이 생긴다 한들 소리에게 언어장애가 있다는 사실을 안 것보다 더 크게 놀랄 일은 없을 것 같았다. 생각을 바꾸고 나자 마음이 편했다. 사실 대화를 나눌 때가 아니면 소리가 언어장애가 있다는 것을 전혀 느낄 수 없었다.

혼자 사는 여자 집을 방문한 것도 처음이었지만, 여자를 만나면서 하루 종일 지갑 한 번 열지 않은 것도 처음이었다. 소리는 아파트에 도착하자마자 와인을 들고 나왔다. 와인이 한 잔 들어가자 어색하던 분위기가 한결 부드러워졌다. 생각보다 크게 불편하지 않았다. 대화의 주제는 주로 사진에 관한 거였다. 카메라 사용법에 대해 이것저것 질문을 하던 소리가 갑자기 화제를 바꾸었다.

나 어때? 이 정도면 모델로 훌륭하지 않아. 사진 부탁해도 되겠지?

어려울 거 없어. 이래 봬도 내 이름을 걸고 사진을 찍는 사람이야.

헌데 그것이 스냅사진이 아닌 누드사진임을 알고 나는 귀를 의심했다. 당황할 수밖에. 즉흥적인 것인지 아니면 처음부터 계획적으로 나를 끌어들였는지 모르지만 선뜻 대답을 할 수 없었다. 잠시 어색한 침묵이 흘렀다. 누드사진을 찍으면서부터 나는 여자를 보면 옷부터 벗기고 보는 습관이 생겼다. 물론 상상 속에서만 존재하는 여체의 탐닉이다. 오늘 카페에서 소리를 만났을 때도 예외는 아니었다. 그런데 소리가 누드사진을 찍겠다며 스스로 옷을 벗겠단다. 속마음을 들킨 것 같아 얼굴이 달아올랐다. 연거푸 술잔을 비웠다. 소리는 자신이 내뱉은 말에 끝장을 보려는지 나를 설득하기 시작했다.

누드사진을 처음 찍는 것도 아니면서 왜 그래? 여긴 촬영장이고 작품사진을 찍는다고 생각하면 되잖아.

말이 되는 소리를 해야지. 자신 없어.

왜 말이 안 돼. 안 되는 걸 되게 만드는 것도 능력이야. 나를 모델로 한 번 찍어 봐. 오늘 갤러리에서 봤잖아. 베프는 셔터만 눌러. 포즈는 내가 알아서 취할 테니까. 말을 못하니까 몸으로라도 표현해 보고 싶어서 그래. 나 준비하고 나올게.

내 기분 따윈 안중에도 없었다. 멍하니 소리의 뒷모습을 바라보던 나는 무엇에 홀린 듯 주섬주섬 카메라를 챙기기 시작했다. 그래, 소리 말대로 난 지금 작업 중이야. 모델이 누구면 어때. 소리에 대한 감정은 잠시 접어두고 한 번 해보는 거야. 난 프로야. 철저히 사진쟁이로 돌아가자. 삼각대에 카메라를 고정시키며 최면을 걸듯 중얼거렸다. 그 어느 때보다 긴장이 됐다.

소파 위에 비스듬히 누워 있는 전라의 여자, 카메라 셔터 소리, 그리고 또 하나의 배경이 되어 움직이는 남자, 작업은 빠르게 진행됐다. 소리는 초보답지 않게 나의 주문이 있기도 전, 여러 각도의 포즈를 취했다. 자신의 끼를 한껏 드러내며 마치 오늘의 촬영을 준비한 사람처럼 적극적이고 능동적이었다. 작업이 진행되는 동안 대담하게 카메라 앵글 속을 휘젓고 다녔다. 원하는 컷이 나올 때까지 찍고 또 찍었다. 의외의 대작을 건질지도 모른다는 생각이 들었다. 화려한 조명 아래 보았던 무희의 곡선까지는 아니더라도 충분히 작품성이 있었다. 가슴 선이 매우 아름다웠다. 줌을 이용해 확대한 가슴, 꽃망울 같은 유두를 중심으로 쉼 없이 셔터를 눌러댔다. 목덜미에서 쇄골을 지나 이어지는 선의 유혹, 나는 아주 잠깐 흔들렸다. 작업할 때만큼은 개인적인 감정을 접어두자고 했던 다짐을 비웃기라도 하듯 몸이 먼저 반응했다. 초점을 자동 기능에 맞춰놓고 그대로 소리 위에 포개져도 좋을 것 같다는 생각이 들었다. 나의 마음을 읽은 것일까? 시간이 지나면서 소리의 몸짓에서 미세한 떨림 같은 게 느껴졌다. 대담한 척했지만 그게 아닌지도 몰랐다.

촬영이 끝나자마자 소리는 안방으로 뛰어 들어갔다. 한참이 지나도록 기척이 없다. 자정이 넘도록 안방에서 나오지 않았다. 얼결에 소리의 알몸을 카메라에 담긴 했지만 정신이 없기는 나도 마찬가지였다. 갈증이 났다. 와인을 두 잔이나 연거푸 마셨다. 빠르게 술기운이 돌았다.

자정을 훌쩍 넘긴 시각, 나는 서둘러 카메라 장비를 챙겨들고 아파트를 빠져나왔다. 빈 택시는 좀처럼 나타나지 않았다. 큰 도로를 따라 걸었다. 비틀거리며 걷는 폼이 영락없는 주정뱅이 모습이었을 것이다. 말 못하는 소리, 부산역, 마주보기, 나체사진, 생각나는 대로 마구 지껄여댔다. 뒤쪽에서 승용차 한 대가 달려왔다. 손을 들어 세울까 하다 그만두었다. 승용차는 더 이상 속도를 내지 않고 마치 내 걸음에 속도를 맞추기라도 한 양 적당한 거리를 유지하며 따라왔다. 헤드라이트 불빛에 노출된 나는 영락없이 한 마리 길 잃은 고양이었다. 헤드라이트 불빛이 계속 나를 향해 비춰졌다. 나도 모르게 어깨에 멘 카메라가방 끈을 움켜쥐었다. 긴장을 해서인지 갑자기 소변도 마려웠다. 횡단보도를 건너려고 주춤하는 사이 뒤따르던 승용차가 내 앞에 멈춰 섰다. 소리였다. 소리는 아무 일도 없었다는 듯 운전석에 앉아 나를 향해 손을 흔들어 보였다. 하지만 나는 선뜻 차에 오르지 못했다.

호텔까지 안내할게. 오늘은 아무 생각 말고 그냥 푹 자. 아침에 로비에서 기다릴 테니까 9시까지 내려와.

운전석에 앉아 있는 소리는 여차하면 강제 연행이라도 할 것처럼 단호했다. 더 이상 버틸 수도 버틸 이유도 없었다. 호텔 정문 앞에서 나를 내려주고 소리는 되돌아갔다.

부산을 다녀오고 며칠 뒤 택배가 도착했다. 소리가 보낸 것이었다. 사진작가라면 누구나 탐낼 만한 고가의 카메라였다.

내가 쓰려고 샀는데 아무래도 임자가 따로 있는 것 같아서. 나를 모델로 써준 고마움의 표시야. 그날 내가 좀 오버한 거 맞지?

선물 고맙다는 인사와 앞으로 자주 부산행 ktx를 타겠다는 메시지를 보내는데 이틀이 걸렸다.

부산 갈 때 카메라 꼭 챙겨갈게. 벌써 기다려지네. 그땐 꼭 역으로 마중 나와.

둘만의 여행 계획을 세웠다. 듣지 못하고 말 못하는 소리를 위해 많은 것을 보여주고 싶었다. 일주일 뒤 나는 소리가 선물한 카메라를 들고 부산으로 향했다.

문자메시지, 손바닥 노트에 이어 소리와 나 사이에 또 다른 방식의 소통이 시작했다. 뜨거운 몸의 대화였다. 그것은 몇 배의 집중력이 필요했다. 몸이 요구하는 순간순간마다 손가락 글씨를 썼다. 가슴과 등 그리고 손바닥에……. 몸의 대화는 어둠 속에서 더 빛을 발했다. 나는 점을 찍듯이 소리의 등에 하트를 그렸다.

휴대전화는 날마다 메시지를 토해내느라 몸살을 앓았다. 우린 그새 현관 키 비밀번호를 공유하는 사이가 됐다. 그 어떤 선물을 받은 것보다 기분 좋은 일이었다. 그랬는데 그랬었는데…….

제주공항은 많은 사람들로 붐볐다. 때맞춰 비까지 내리고 있었다. 사람들 틈에 끼어 떠밀리다시피 청사 밖으로 나왔다. 일행들에게 양해를 구하고 택시 승강장으로 향하던 발길을 돌려 다시 공항 출입국장으로 들어왔다. 다행히 부산행 비행기 표를 구할 수 있었다.

왜 그랬을까? 소리가 자살을 하다니. 여전히 답은 없고 머리만 복잡했다. 소리가 살던 아파트로 향했다. 확인해 보고 싶었다. 왜 극단적인 선택을 할 수밖에 없었는지. 나에게까지 말할 수 없는 사연이 무엇인지. 그곳에 가면 소리가 내게 남긴 무언가가 있을 것만 같았다.

현관문에 노란색 테이프가 둘러져 있었다. 폴리스라인이 쳐진 곳을 함부로 들어갔다가는 책임을 추궁당할 게 뻔했다. 민

76

형사상의 책임, 하지만 개의치 않았다. 그건 나중 문제였다. 떨리는 손으로 번호 키를 눌렀다. 3335 나와 소리의 나이를 차례로 나열한 숫자, 문은 쉽게 열렸다. 까다롭지 않은 건 주인을 꼭 닮았다.

거실과 안방 그리고 주방을 찬찬히 둘러보았다. 특별히 달라진 건 없었다. 마지막으로 작은방 문을 열었다. 눈앞에 펼쳐진 소리의 흔적, 나도 모르게 호흡을 가다듬었다. 메모지와 사진으로 한쪽 벽면이 도배가 되다시피 했다. 소파에 비스듬히 누워있는 전라의 소리, 그날 찍은 사진이었다. 사진 속의 그녀는 분명 살아 있었다. 금방이라도 튀어 나와 손바닥 노트를 내밀 것만 같았다. 퍼즐을 맞추듯 붙여놓은 형형색색의 메모지들, 직접 쓴 손 글씨도 있고 문자메시지를 복사해서 순서대로 붙여놓은 것도 있었다. 역시 소리다운 발상이었다. 비밀 창고, 기억을 저장해둔 곳, 소리는 자신에게 질문하고 답하면서 자기만의 방법으로 세상과 소통했던 것이다. 나는 벽에 붙어 있는 메시지를 하나하나 읽어 나갔다.

그 사람과 통하는 게 있어 좋다. 한 뼘 가까워진 느낌이다.

베프, 그 사람이라면 나를 이해해 줄 것도 같다. 소중한 걸 잃지 않으려면 용기가 필요한데, 그런데 자신이 없다.

그가 나에게 한 발자국 다가오면 두 발자국 뒤로 물러서게 된다. 겁이 난다. 내 곁에서 멀어질까 봐.

계속 가다 보면 답이 나올까?

메모지 한 장을 뜯어내 소리의 글 바로 밑에 답글을 썼다.

세상은 한 번 살아볼 만하다고 생각했어. 소리 너를 만나면서부터.

메모지를 다시 제자리에 붙여 놓았다. 한참을 그렇게 소리의 흔적을 더듬으며 서성거리다 아파트를 빠져 나오는데 등짝에 메시지 하나가 매달렸다. '스치면 인연, 스며들면 사랑이래. 나도 스며들고 싶어, 간절히……' 소리의 목소리를 처음으로 들은 것도 같다. 곧바로 택시를 잡아탔다. 행선지를 묻는 운전기사에게 부산동부경찰서로 가자고 했다.

휴대폰을 쥔 손이 자꾸 간질거린다. 소리가 내 손바닥에 뭔가를 쓰고 있는 것 같다. 하지만 무슨 글자인지는 알 수 없었다. 상형문자 같기도 하고 설형문자 같기도 했다.

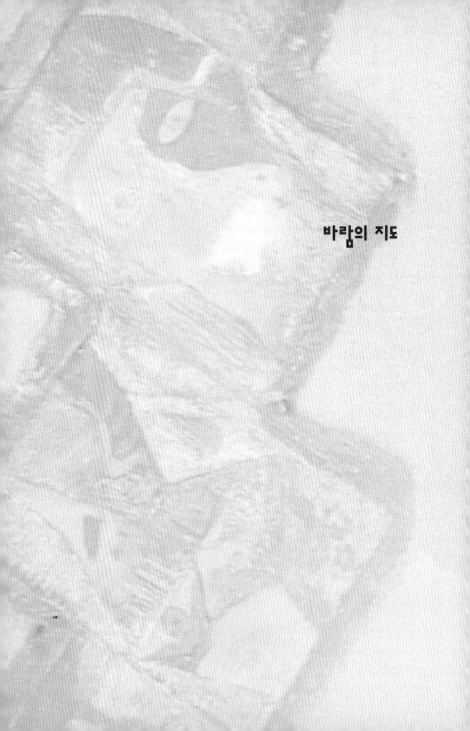

바람의 지도

1. 불통

공항에 도착해서 제일 먼저 한 일은 꺼져 있는 휴대전화기에 전원을 넣는 일이었다. 버튼을 길게 누르자 불통이 해제되면서 며칠 동안 쌓인 소식들이 주르르 달려 나온다. 음성메시지, 카톡과 전자 편지함에 수신된 메시지들이 줄을 이었다. 그중 11통이 이명진이 보낸 것이었다. 공항을 빠져나와 택시를 타기 위해 걸어가는데 또 새 메시지 도착 알림음이 울린다. 메시지 확인되는 대로 연락주세요. 굳이 카톡을 열어 확인하지 않아도 머리글로 뜨는 한 줄만으로 내용을 대충 짐작할 수 있었다. 이명진이 나를 찾는 이유라면 보나 마나 뻔했다. 남편이 또 무슨 사고를 친 게 분명했다. 그 사람에 대한 일이라면 이제 궁금하지도 듣고 싶지도 않았다. 그 그늘에서 벗어나려고 떠난 여행에서 마음을 굳히고 돌아오는 길이다. 그 어떤 회유나 동정심을 자극한다 해도 흔들리지 않기로 했다. 두 사람의 재결합을 위해 남편의 손발이 되어 움직이는 이명진에겐 미안했지만 더 이상 빌미를 주고 싶지 않았다. 몇 번을 망설이다 전화번호를 눌렀다.

"명진 씨! 나 지금 공항인데 무슨 일 있어?"

"아니, 어떻게 된 거예요. 전화기는 왜 먹통이고. 아무튼 지금 당장 S병원 장례식장으로 오세요."

"장례식장엔 왜? 누가 죽기라도 했어?"

"얘기는 만나서 하고, 암튼 빨리 이쪽으로 오세요."

"흥분하지 말고 내가 알아듣게 찬찬히 얘기해 봐. 고인이 나도 아는 사람이야?"

"생판 모르는 사람인데 오라고 하겠어요?"

이명진은 다짜고짜 화부터 냈다. 평소와 달리 말끝마다 원망이 잔뜩 들어있다. 격앙된 목소리로 따지듯 몇 마디 내뱉고는 전화를 먼저 끊어버리는 무례함까지 서슴지 않는다. 이 상황은 뭐지. 장례식장은 또 뭐고? 비행기가 이착륙할 때처럼 귀가 먹먹했다. 어떤 상황에서도 흔들리지 않겠다며 다잡았던 마음은 장례식장이란 말을 듣는 순간 힘없이 무너져 내렸다. 그 사람한테 무슨 일이 생겼냐고 묻고 싶었다. 하지만 입이 떨어지지 않았다. 혹여라도 이명진의 입에서 남편의 이름이 튀어나올까 봐 겁이 났다.

달리는 택시 안에서 그동안 이명진이 보낸 메시지를 찾아 읽었다. 첫 번째 보낸 메시지의 날짜를 보니 내가 여행을 떠난 다음 날 새벽이었다.

*S병원 응급실로 빨리 좀 와주세요.

*연락이 안 돼 수술동의서에 제가 사인했어요. 수술은 성공적으로 끝났는데 아직 의식이 없네요.

*오늘 낮 열두 시 오십 분, 과장님과 마지막 작별인사를 했습니다. 무척 편안해 보였어요.

이명진이 남긴 메시지의 내용대로라면 남편이 사망한 날은 바로 어제였다. 그가 죽다니? 둔기로 뒤통수를 세게 얻어맞은 것처럼 머리가 핑 돌았다. 이건 아니지. 정말 말도 안 돼. 나는 남편이 마치 곁에 있기라도 한 것처럼 같은 말을 반복하며 소리 내어 중얼거렸다. 운전기사가 무슨 기분 언짢은 일이라도 생겼냐며 친절하게 물어왔지만 대답하지 않았다. 쏴~아! 머릿속에서 파도소리가 났다. 아니 바람소리 같기도 했다. 나쁜 자식!

며칠 전, 빠른 등기로 온 우편물을 받았다. 남편이 보낸 것이었다. 누런 서류봉투 안에는 짧은 편지글과 함께 이혼서류가 들어 있었다.

3월 4일 11시, 서류 준비해서 세실에서 만나.
우리 두 사람의 관계회복을 위해 노력했지만 뜻대로 되질 않네.
많이 생각하고 결정한 일이야.
내가 당신을 위해 마지막으로 해줄 수 있는 게 이것밖에 없는 것 같아.
서로에게 상처만 주는 소모적인 일은 더 이상 말자.
그동안 나 때문에 고생 많았어. 끝까지 지켜주지 못해 미안해.
고마웠고 이제 맘 편히 지내. 진심이야.

머리끝까지 화가 치밀었다. 생각대로라면 이혼서류와 편지를 발기발기 찢어버리고 싶었다. 이혼을 요구할 사람은 남편이 아닌 바로 나였다. 그것이야말로 4년 가까운 세월을 바람막이로 버틴 나의 자존심이었다. 마지막 남은 자존심에 칼을 대다니.

잊을 만하면 한 번씩 사고를 치는 남편에게 서서히 지쳐가던 중이었다. 정리할 시간이 조금 필요했을 뿐이다. 이혼 얘기가 나왔을 때 남편은 자신을 지켜줄 사람은 당신밖에 없다며 족쇄를 채워서라도 거두어달라고 했다. 이혼 대신 별거라는 카드를 내민 것도 남편이었다. 그랬던 사람이 먼저 선수를 친 것이다. 그새 나 모르는 무슨 일이? 남편이 갑자기 심경변화를 일으킨 진짜 이유가 궁금했다. 진심이든 변명이든 남편의 입을 통해 직접 듣고 싶었다. 전화기를 든 손이 덜덜 떨렸다. 지금 거신 전화번호는 없는 국번입니다. 다시 한 번 확인하시고 연결해 주시기 바랍니다. 명치께가 뻐근하게 죄어왔다. 두 손을 포개 가슴에 대고 지그시 눌렀다. 가슴 뛰는 소리가 잡힌다.

2. 선택

커다란 여행용 가방을 끌고 들어서는 아내의 모습이 보인다. 여행을 다녀오는 것 같은데 차림새를 보니 집에도 들르지 않고 곧바로 장례식장으로 직행한 모양이다. 이명진이 아내를 안내한다. 둘 다 아무 말이 없다. 아내는 고인에 대한 예를 갖출 생각도 않고 우두커니 서서 영정사진만 뚫어져라 바라본다. 노려본다는 표현이 더 정확한 것인지도 모르겠다.

별거 후 9개월 만이다. 그동안 마음고생이 심했는지 몇 달 안 본 사이 많이 늙어보인다. 아내는 장례식장에서 볼 수 있는 그 흔한 눈물조차 보이지 않는다. 역시 민수연다웠다. 다행이다. 아내가 눈물을 보였다면 많이 미안했을 것이다. 아내에게는 장례가 끝나고 난 뒤 알리라고 부탁했는데 이명진이 약속을 어기고 연락을 한 모양이다. 이유야 어찌됐든 아내와 마지막 작별 인사를 나눌 수 있게 됐다. 나쁘지 않다. 한참을 그렇게 표정 없는 얼굴로 영정사진만 뚫어져라 바라보던 아내가 쓰러지듯 풀썩 주저앉으며 한마디 한다. 왜 그랬어?

어떤 말로도 위로가 안 된다는 걸 잘 안다. 나의 극단적인 선택을 비겁하다고 하겠지. 아내의 표정에서 원망의 소리를 읽는다. 하지만 나의 선택에 후회는 없다. 당장은 영정사진 속 내 모습이 조금 걸릴 뿐이다. 웃고 있어서 미안했다. 너무 환하게 웃어서.

우리 두 사람을 이어준 건 이명진이었다. 부하 직원인 이명진은 아내의 대학 후배이기도 했다. 독신주의자였던 내게 민수연은 아주 특별한 사람으로 다가왔다. 첫 만남에서부터 결혼까지 3개월이 채 안 걸렸을 정도로 우린 코드가 잘 맞았다. 상호보완, 뭐 그런 것일 게다. 그동안 만났던 여자친구 대부분이 남자 의존형으로 소극적이고 내성적이었다면 민수연은 나서기 좋아하고 주위 사람들을 아우를 줄 아는 외향적 성격에 리더형이었다. 털털하고 화끈한 그녀와 달리 돌다리도 두들겨 보고 건너는 나의 조합은 이명진의 말대로 천생연분인 것 같았다.

"불장난할 철부지들도 아니고, 오다가다 만난 사이도 아닌데 어차피 결혼할 거면 길게 끌 거 뭐 있어요. 우린 이미 몸의 대화도 나눴잖아요."

장맛비에 불어난 계곡의 물살처럼 민수연의 언어행동은 거침이 없었다.

"아무리 그래도 연애와 결혼은 다르잖아요. 시간을 두고 천천히 생각해 봅시다. 기왕에 늦은 거 급할 거 없잖아요."

"내 나이 서른일곱예요. 가임기가 얼마 안 남았다구요. 여자로 태어났으면 생산의 고통도 한 번 느껴 봐야죠. 즐거움이라고 해야 맞나?"

민수연의 거침없는 돌직구에 정신을 차릴 수가 없었다. 웃고 떠들며 농담을 하다가도 결혼 얘기만 나오면 누구보다 진지했고 적극적이었다. 너무 들이대는 것 같아 조금 부담스러웠지만 싫지만은 않았다. 생각의 차이, 세상을 살아가는 방법의 차이, 시간이 지나면서 나는 은근 그녀의 언어행동에 중독이 됐다. 어쩌면 서서히 길들여지고 있는지도 몰랐다.

"영수 씨에게 맡겼다가는 3년 안에 면사포 쓰기 어려울 것 같아서요."

"순간의 선택이 평생을 좌우한다는데……."

긍정도 부정도 아닌 어정쩡한 대답을 반승낙이라고 여겼던 모양이다. 그녀는 나의 허락도 없이 슬금슬금 짐을 옮겨오기 시작했다.

"수연 씨! 이건 소꿉놀이가 아니라구요. 그리고 모든 일엔 절차라는 게 있잖아요."

"절차? 좋아요. 지금부터 차근차근 절차를 밟아 보자구요. 그리고 영수 씨가 염려하는 순간의 선택은 벌써 끝났어요. 그럴 일은 없겠지만 혹여 후회를 한다 해도 그건 내 몫이구요. 미리 겁먹을 거 없잖아요. 예물 예단 생략. 결혼식은 최소한의 비용으로 간단하게, 영수 씨만 좋다면 그것마저 생략해도 되구요. 살림살이는 꼭 필요한 것만 새로 장만하고, 신혼여행은 영수 씨 고향 제주도로. 오케이?"

어이없었지만 크게 나무라지 않았다.

"다른 건 몰라도 신혼여행을 제주도로 가는 건 별로 내키지 않는데요. 평생 한 번인데."

"신혼여행을 꼭 해외로 나갈 필요는 없잖아요. 영수 씨가 나고 자란 고향집에 가서 며칠 머물다 오는 것도 의미가 있다고 봐요. 부모님을 대신해 돌봐주신 고모님께 고맙다는 인사도 드리고 바닷가에서 어릴 적 추억도 더듬어 보고, 또 결혼생활 설계도 하고 좋잖아요."

고개가 끄떡여졌다. 거절할 이유도 명분도 없었다. 수연은 그동안 모은 전 재산이라며 통장의 잔액을 공개하는 것도 빼놓지 않았다. 그녀의 계획대로 움직이기로 했다. 결정을 하고 나니 마음이 편했다. 솔로 탈출, 노총각인 내가 장가를 간다는 게 믿어지지 않았다. 제대로 해낼 수 있을까 한편 두렵기도 했다. 결혼 소식을 전해들은 이명진은 번개 커플이라며 우리 두 사람을 놀려댔다.

3. 틈

남편의 빈소가 차려진 207호실은 조문객도 별로 없이 썰렁했다. 여행가방을 끌고 들어서자 사람들의 시선이 모두 내게로 쏠렸다. 빈소를 지키던 이명진이 눈물을 훔치며 다가왔다. 전화통화를 할 때와 달리 아무 말이 없다. 마치 조문객을 맞이하듯 내게 예를 갖춘다. 누가 상주고 누가 조문객인지 모르겠다.

남편의 사망 소식을 다른 사람을 통해 전해 듣다니. 이 어이없는 상황을 어찌 받아들여야할지 몰라 자꾸만 생각이 엉킨다. 아무리 미워도 그렇지. 내가 당신한테 이 정도밖에 안 되는 사람이었어. 정말 이건 아니잖아. 눈물을 보이기 싫어 아랫입술을 꽉 깨물었다. 원망을 하는 것조차 구차하다는 생각이 들었다. 환하게 웃고 있는 남편, 손을 내밀면 금세 영정사진 속에서 뛰쳐나올 것만 같다. 우리 두 사람 어쩌다 여기까지 왔을까? 분명한 것은 남편이 이 세상 사람이 아니라는 사실이었다.

"장례 절차 일체를 제게 부탁하셨어요. 유언을 따르려고 했는데, 아무리 생각해도 장례를 모시는 일만큼은 선배님 몫인 것 같아서요. 마지막 가는 길에 작별인사는 해야죠. 과장님이 연락하지 말라고 했지만⋯⋯."

이명진은 무슨 얘기를 더 하려다 말고 말끝을 흐렸다. 모든 것이 어이없고 화가 났다. 향불을 붙여 들었다. 무릎을 꿇고 앉았지만 절은 하지 않았다. 고인에 대한 예를 갖추고 나면 그의 죽음을 인정하는 것이 될 것 같아서였다. 난 아직 남편을 떠나보낼 준비가 안 됐다. 보내온 이혼서류에 도장도 찍지 않았는데, 코너에 몰아넣고 예고도 없이 일방적으로 게임을 포기하다니. 이건 엄연한 반칙이다. 왜 그랬어? 영정사진 속에서 웃기만 할뿐 남편은 여전히 말이 없다. 아! 뭐가 뭔지 모르겠다.

남편은 혼자 있는 것을 못견뎌했다. 특히 날씨가 궂은 날이면 불안증세가 더 심했다. 답답할 정도로 말이 없다가도 바람 부는 날, 거기에 술까지 한 잔 더해지면 별거 아닌 일에 화를 내며 성난 싸움소처럼 난폭해졌다. 유독 아내인 나에게 더 까칠하게 굴었다. 결혼 전 다정다감했던 그 사람이 맞나 싶을 정도로 매사에 신경질적이었다. 할 수만 있다면 모든 것을 결혼 전으로 돌려놓고 싶었다.

뺑소니운전에 폭력전과 경력이 더해졌다. 크고 작은 사건이 터질 때마다 뒷감당은 언제나 아내인 내 몫이었다. 결혼지참금으로 챙겨온 목돈이 고스란히 합의금으로 날아갔다. 직장에서 해고를 당하지 않은 것이 그나마 다행이었다. 학교 선배를 사장으로 둔 뒤 배경 때문이었다. 하루하루가 긴장의 연속이었다. 지옥이 따로 없었다.

"아무래도 영수 그 애한테 젊어서 죽은 니 시어머니 혼이 들어있지 싶다. 귀신에 씌지 않고서야 멀쩡하던 애가 갑자기 그렇게 변할 순 없다. 아뭇소리 말고 내가 시키는 대로 용한 점쟁이를 한번 찾아가 보거라. 굿을 해서 나을 수만 있다면 집이라도 팔아줄 테니."

시고모는 시도 때도 없이 전화를 해댔다. 하지만 그 어떤 말도 위로가 되지 않았다. 남편을 위한답시고 훈수를 둘 때마다 답은 보이지 않고 머릿속만 점점 더 복잡해졌다. 사실 내겐 남편 뒤치다꺼리를 할 기력도 애정도 남아 있지 않았다.

"미안해. 하지만 내 사전에 이혼은 없어."

"제발 그 미안하단 소리 좀 그만할 수 없어요. 그렇게 미안하면 미안한 일을 만들지 말아야죠. 사람 죽여 놓고, 실수였다고 그렇게 말할 거예요?"

"아무리 그래도 그렇지 비약이 너무 심한 거 아냐? 알았어, 알았다구. 우리 당분간 별거하는 건 어때? 서로 떨어져 있다 보면 뭔가 해결책이 나오겠지."

"겨우 생각해 낸 것이 별거예요."

말은 그렇게 했지만 우선은 그렇게라도 남편 그늘에서 벗어나고 싶었다. 남편은 당분간이라는 말을 강조했지만 난 느낌으로 알 수 있었다. 두 사람의 결혼생활이 여기까지라는 것을. 사실 남편 입에서 별거라는 말이 나올 줄 몰랐다.

별거 중에도 남편은 마치 지방출장을 떠난 사람처럼 메시지를 보내거나 전화를 걸어 안부를 물어왔다. 하지만 대부분 부재중 수신함으로 넘어갔다. 남편의 목소리를 들으면 악몽이 되살아났다. 그나마 한 가닥 남아있던 희망마저 멀찍이 달아나 버렸다. 점점 두 사람 사이에 보이지 않는 틈이 생겼다. 그 크기만큼 상처가 덧입혀졌다. 이명진이 가끔 그의 소식을 물어다 주었다.

"과장님이 요즘 이상해요. 그 좋아하던 술도 끊고 대인기피증 환자처럼 사람들과 잘 어울리지도 않아요. 부부 싸움은 칼로 물 베기라는데 이쯤에서 두 분 화해하시는 게 어때요."

"명진 씨가 그 사람을 잘 몰라서 하는 소리야. 생각해 주는 건 고마운데 우리 부부 사이에 섣불리 끼어들지 마. 나중에 그 원망 다 어찌 감당하려고?"

"암튼 제가 아는 과장님이 아니에요. 전에는 내 사람이다 싶으면 부모형제 이상으로 잘 챙기셨거든요. 결혼하고 완전 딴사람으로 변했어요. 선배님 때문에 그렇다는 건 아니구요. 도대체 원인이 뭔지, 왜 그러는지 안타까워서 하는 소리에요."

전화기 너머로 이명진의 한숨소리가 들렸다. 온몸의 힘이 쭉 빠졌다.

4. 이별, 그리고

번개커플, 지금 생각해 보니 이명진의 말이 맞았다. 시작도 끝도 우린 너무 서두르고 또 쉽게 결정했다. 급하게 먹은 밥은 체하기 쉽다. 마흔 살의 나의 선택은 보기 좋게 빗나갔다.

"병원에 가서 상담을 한 번 받아봐요. 애먼 사람 잡지 말고."

분노조절장애, 아내가 부부 싸움을 할 때마다 들먹이는 나의 의학적 병명이었다. 아내 말대로라면 전두엽에 이상이 있는 게 분명했다. 전혀 틀린 말은 아닌 것 같다. 내가 나를 이해 못할 때도 더러 있었으니까. 어느 순간 화가 치밀면 고장 난 브레이크처럼 제어가 안 됐다. 꺼내고 싶지 않아 묻어두었던 기억들이 안전핀이 빠진 폭발물의 파편처럼 튀어 올랐다.

바람에 대한 트라우마! 그랬다. 그 중심에는 바람이 들어있었다. 일부러 꿰맞추기라도 한 것처럼. 엄마의 자살, 여자 친구의 빗길 교통사고, 그리고 신혼여행지에서의 악몽이 연관 검색어처럼 줄줄이 이어졌다. 특히 강풍이 부는 날이면 그 정도가 더 심했다. 그래서인지 아내는 아침에 일어나면 버릇처럼 제일 먼저 일기예보에 귀를 기울였다. 나의 이상증세가 날씨와 밀접한 관계가 있다고 믿는 눈치였다. 내가 생각하는 바람의 기억은 죽음과도 연결되었다.

엄마의 자살 사건이 있던 그날도 바람이 심하게 불었다. 연줄을 몇 번이나 끊어 먹을 정도로 센 바람이었다. 연날리기를 접고 집에 돌아와 보니 물질하러 나갔던 엄마가 홑이불을 뒤집어쓰고 안방에 누워 있었다. 마치 잠을 자고 있는 것 같았다. 어린 내가 들을까 봐 쉬쉬했지만 무슨 안 좋은 일이 생겼다는 걸 눈치로 알 수 있었다. 엄마가 스스로 목숨을 끊었다고 했다. 동네사람들은 젊은 여자 꿰차고 뭍으로 떠난 아버지에 대한 복수라며 수군거렸다. 아버지의 바람기, 엄마의 자살, 나는 그것이 무엇을 의미하는지 몰랐다. 어른들의 세계를 이해하기에 일곱 살은 너무 어렸다. 확실한 것은 아버지는 물으로 떠났고 엄마는 이 세상 사람이 아니라는 사실이었다. 커다란 집에 혼자 남겨졌다는 사실이 서럽고 무서웠다. 옆집에 사는 큰고모가 방패막이가 돼 주었지만 엄마를 잃은 설움을 대신해주지는 못 했다.

엄마 장례식이 치러지던 날, 하관이 마악 시작될 때였다. 조문객들을 위해 쳐놓은 차양막이 휘이익! 원을 그리며 바람에 날아갔다. 아주 짧은 시간에 일어난 일이었다. 어린 마음에 그 모습이 어찌나 괴이하고 무섭던지, 마치 하얀 광목치마를 입은 엄마를 바람이 끌고 가는 것만 같았다. 그때부터 난 바람이 부는 날이면 이유 없이 불안했다. 바람이, 바람소리가 싫었다. 무서웠다. 날아간 차양막처럼 바람이 내 머리채를 잡고 어디론가 끌고 갈 것만 같았다.

그런데 꼭꼭 눌러두었던 그 기억을 잔인하게도 여자친구 유경이 끄집어냈다.

"퇴근 후 카페 아담에서 봐요. 오늘이 무슨 날인지 알죠?"

"알지. 내가 누구야. 감동 먹을 준비는 됐고? 비 소식이 있던데."

"1,000일기념 선물로 하늘 님이 비까지 내려주시고, 완전 감동이에요."

유경은 한껏 들떠있었다. 나도 덩달아 기분이 좋았다. 통화를 하면서 눈치껏 얼버무리긴 했지만 사실 난 선물을 미처 준비하지 못 했다. 당연히 1,000일째 만남인 것도 몰랐다.

오락가락하던 비는 약속시간이 가까워지면서 장대비로 변해 무섭게 쏟아졌다.

유경의 사고소식을 들은 건 전동차 안에서였다. 믿기지 않았다. 믿을 수가 없었다. 어디에요? 통화버튼을 누르면 금세 유경의 목소리가 튀어 나올 것만 같았다. 인천에서 의정부, 시발역에서 종착역까지 되돌기를 몇 번, 밤 열두 시가 다되어 유경이 누워있는 병원으로 향했다.

빗길 교통사고의 결과는 생각보다 처참했다. 택시에서 내린 유경이 바람에 뒤집어진 우산을 바로잡으려다 뒤따르던 차에 사고를 당했다고. 눈으로 보고도 믿을 수가 없었다. 이 어이없는 상황이 두 사람의 1,000일 만남을 기념하기 위한 몰래카메라이길 바랐다. 바람이 내 편이었다면 그때 유경의 우산을 뒤집는 일은 하지 말았어야 했다. 하늘의 선물치곤 너무 잔인했다. 감당할 수 없을 정도로.

1,000일을 기념하기 위해 준비했던 커플 반지와 노란 장미꽃을 영결식단 위에 올려놓았다. 유경에게 주는 마지막 선물이었다.

이별은 그렇게 예고 없이 왔다. 엄마의 죽음도, 유경의 교통사고도.

천 일에서 끝나버린 이야기. 그해 여름과 가을 두 계절 사이에서 나는 세상을 향해 크게 분노했다. 지독한 이별의 후유증, 내가 독신을 고집하는 이유였다. 하지만 내 생을 통틀어 마지막이라던 천 일의 사랑은 끝내 지켜지지 않았다. 결혼과 동시에 끝에서 두 번째 사랑이 됐다.

5. 그날

고향 제주도에서의 첫날은 결혼 축하파티로 시작됐다. 아내의 선택이 옳았다. 축하객이라야 고모 한 사람이 전부였지만 고향집에서 맞이한 잔칫상은 아주 특별했다.

"아이고 내 새끼! 니가 이렇게 이쁜 각시를 달고 올 줄은 꿈에도 생각 못 했다. 고맙다."

고모는 마치 죽은 자식이 살아 돌아오기라도 한 것처럼 내 손을 붙잡고 울먹였다.

"오늘같이 좋은 날 애비가 곁에 있으면 얼마나 좋을까. 짐승도 죽을 때가 되면 고향 쪽으로 머리를 둔다는데 살아 있으면 언젠가는 돌아오겠지."

고모의 바람대로 아버지가 고향을 찾는 날이 오기는 할까? 일곱 살 이후 아버지에 대한 기억은 없다. 엄마도 마찬가지다. 내겐 고모가 엄마였고 아버지였다.

"고모님! 오래오래 사세요. 다음에 올 땐 식구 하나 더 늘려서 찾아뵐게요."

"암만 그래야지. 식구도 늘리고 살림도 늘리고. 남남이 만나 가정을 이룬다는 게 보통 인연은 아니잖어. 서로 위해가면서 살아. 싸우지 말고."

고모는 아내가 마음에 드는지 연신 술을 따라주며 칭찬을 아끼지 않았다. 한껏 분위기를 띄우던 고모는 초저녁잠이 많다는 이유로 일찌감치 자리를 떴다. 두 사람만 남게 되자 아내는 맥주잔을 들어 올리며 분위기를 잡았다. 함께 있다는 그 자체만으로도 행복했다. 건배를 외칠 때마다 아내는 첫날밤을 강조했다.

"우리의 첫날밤을 위하여!"

그러나 거기까지였다. 분위기 맞추느라 주량을 초과한 아내는 긴장이 풀려서인지 앉은자리에서 그대로 쓰러져 잠이 들었다. 잠자리를 봐주고 아내 곁에 누웠지만 잠이 오지 않았다. 빗방울 떨어지는 소리에 일어나 옆집에 사는 고모님 댁으로 건너갔다. 각시는 어쩌고 혼자 왔냐며 나무랐지만 싫지 않은 것 같았다.

"각시가 시원시원하니 내 맘에 쏙 든다. 내일 니 에미 산소에 들러 인사하고 오랜만에 왔으니 동네 어른들도 찾아뵙고 해라. 태풍 소식이 있던데 바닷가에 나갈 땐 조심하구."

"걱정하지 마세요. 어릴 적 제 별명이 바람돌이였잖아요. 잘 아시면서."

"그건 그렇고 만난 김에 얘기하는데 집은 니 알아서 해라. 결혼도 했으니 목돈 필요하면 팔아 가든지 세를 주든지. 늙어 언제 죽을지도 모르는데 나 살아 있을 때 정리할 건 정리 해야지. 소식 한자리 없는 애비는 내 생전에 얼굴이나 한 번 볼랑가 모르겠다."

"집 문제는 그 사람이랑 의논해서 따로 연락드릴게요."

"할 얘기 끝났으니 이제 얼른 가 봐라. 누가 이쁜 각시 훔쳐 가면 어쩌누."

고모에게 떠밀리다시피 집으로 돌아온 건 열 시가 조금 넘어서였다. 그새 비는 그쳤지만 강풍에 몸이 휘청할 정도였다. 아내는 내가 들어온 것도 모르고 깊은 잠에 빠져있다. 이불을 바로잡아주고 마루로 나왔다. 먹다 남은 안주, 빈 술병, 파장 분위기의 술상이 그대로 널브러져 있었다. 유리잔 가득 맥주를 따라 마셨다. 아내의 휴대폰에서 문자메시지 도착 알림음이 울린다. 이 늦은 시각에 누굴까? 아무 생각 없이 버튼을 눌렀다.

*결혼식장에서 본 너의 모습 너무 예뻤어. 내가 사람 보는 눈은 있는 것 같아.

*이 시간 뜨겁게 보내고 있겠지? 나에게서 너를 도둑질한 그놈이랑.

*난 너랑 끝났다고 생각 안 해. 두고 봐. 나, 생각보다 훨씬 질긴 놈이야.

*우선은 즐겨. 후회는 천천히 해도 되니까. 너 실수한 거야.

술이 확 깼다. 아내의 남자? 놈의 전화번호를 내 휴대폰에 입력하고 수신된 메시지를 모두 삭제했다. 아내에게 아직 정리되지 않은 남자가 있다는 얘기였다. 아내 나이 서른일곱, 그 나이에 연애 경험이 없다고는 생각지 않았다. 문제는 현재진행형이라는 거였다. 이해도 오해도 머리 따로 가슴 따로 제멋대로다. 아내의 비밀을 신혼여행지에서 알게 되다니 어이없고 화가났다. 주먹으로 마룻바닥을 내리쳤다. 찌르르 팔등을 타고 통증이 올라왔다. 그래도 분이 풀리지 않았다. 아내를 깨워 따져 묻고 싶었다. 맥주병을 챙겨 들고 사립문을 나섰다. 사방이 온통 어둠이라 어디가 어딘지 분간할 수가 없다. 발길 닿는 대로 걷고 또 걸었다. 어느 놈이든 만나기만 하면 주먹을 날릴 것이다. 분노로 일그러진 얼굴, 어둠을 가면처럼 쓰고 걸었다. 비를 품은 바람이 사정없이 얼굴을 때리며 달려들었다.

고맙게도 태풍이 나를 도와주었다. 제주도에 내려진 호우주의보, 일기예보는 정확했다. 내내 잠만 잤다. 자는 게 지겨우면 우산도 쓰지 않고 바닷가를 쏘다녔다. 할 수 있는 게 그것밖에 없었다. 내색하지 않았지만 아내를 마주 보는 게 편치 않았다.

"고향에 오니 해보고 싶은 게 많은가 봐요."

"……."

"나는 신경쓰지 말고 혼자 맘껏 즐기세요. 어릴 적 생각하면서."

아내가 말을 걸어올 때마다 귀 멀미가 났다.

6. 탈출

불안했다. 또다시 사랑하는 사람을 잃게 될까 봐. 하지만 노력해도 안 되는 건 안 되는 거였다. 결혼생활이 그랬다. 지질히도 못난 놈이라 자책하며 가장의 책임을 다하려 노력했지만 허사였다.

몸은 정직했다. 몸이 정직할수록 감정은 널뛰기를 했다. 신혼여행 첫날밤 아내 휴대폰에서 만난 문자메시지, 기억에서 지우려 하면 할수록 더욱 선명하게 각인되었다. 그것이 내 영혼을 좀먹고 결혼생활에 치명타가 될 줄 몰랐다. 불안감, 피해의식이 나를 지배하기 시작했다. 언제 어디서 놈으로부터 해코지를 당할지 모른다는 생각에 심장이 오그라들었다. 헤어지자는 말에 앙심을 품고 여자친구의 가족을 살해한 사건사고가 남의 일 같지 않았다.

부부싸움을 할 때마다 아내는 내게 구제불능의 성격파탄자라며 막말을 해댔다. 분노조절장애란 또 다른 말은 그나마 화해를 할 때 쓰는 한숨 죽인 표현이었다. 성격파탄자든 분노조절장애든 듣는 내 입장에서 보면 그보다 지독한 욕은 없었다. 구겨질 대로 구겨진 자존심을 회복하기엔 너무 멀리 와 있었다. 아내에게 말 폭탄을 맞을 때마다 알코올의 힘을 빌렸다. 유일한 친구이자 탈출구였다. 술을 마시면 용기가 생겼다. 하고 싶은 말을 맘대로 할 수 있어 좋았다. 그때마다 내 안에 나는 없었다. 폭언이 폭력으로 이어졌다. 성격파탄자로 내몰리면서 가까운 사람들까지 내게 거리를 두었다. 대인기피증! 그랬다. 사람이 싫었다. 특히 아내 얼굴을 보고 있으면 숨이 막혔다. 잠자리에서 살의를 느낀 적이 한두 번이 아니다. 나는 내가 무서웠다. 끝없는 추락이 무섭고 두려웠다. 별거를 선택한 건 결국

내가 살기 위해서였다. 아내가 만든 빈자리, 그곳에서 나는 분노를 고요함으로 삭였다.

싱글남, 결혼 3년 차 별거 9개월 만에 다시 제자리로 돌아왔다. 이혼서류와 함께 아내에게 보낸 편지글이 생각난다.

내가 당신을 위해 마지막으로 해줄 수 있는 게 이것
밖에 없는 것 같아. 서로에게 상처만 주는 소모적인
일은 더 이상 말자.

툭하면 이혼을 들먹이던 아내, 더 이상 그 문제로 얼굴 붉힐 일은 없을 것 같다. 거짓말처럼 마음이 편안했다. 편지지를 접어 봉투에 넣으며 난 밀린 숙제를 마친 것처럼 홀가분했다.

7. 바람의 길

화장장에서 유골함을 받아들고서야 남편의 부재가 실감났다. 그동안 참았던 눈물이 끝없이 흘러내렸다.

바람의 끝, 남편의 죽음을 그렇게 말하고 싶다. 유골함을 들고 집으로 돌아왔다. 거실 탁자 위에 며칠 전 남편이 보낸 이혼서류가 놓여있었다. 3월 11일, 그러고 보니 서류 준비해서 세실에서 만나자고 한 날이 바로 오늘이다. 남편은 이혼을 작정한 상태에서 왜 갑자기 스스로 목숨을 끊었을까?

이명진이 남편의 유품이라며 앨범과 일기장을 가져왔다.

"옷가지와 몇 안 되는 살림살이는 모두 폐기했어요. 일기장이랑 사진은 혹시나 해서 가져왔는데. 보시고 나면 과장님이 왜 그런 선택을 했는지 조금은 이해가 되실 거예요."

"일기장에 무슨 얘기가 들어있는지 모르겠지만 장례식장에서의 일도 그렇고 명진 씨 그동안 여러 가지로 고마웠어."

"다시는 안 볼 사람처럼 왜 그래요. 그건 그렇고 과장님은 어디에다 모실 거예요?"

"고향에 데려다 줘야지. 그 사람이 나고 자란 바닷가에서 작별 인사를 하려고."

신혼여행지에서 만났던 제주도 바닷가를 생각하자 갑자기 마음이 바빠졌다. 밤을 열기 위해 어둠은 빠른 속도로 밀려들었다. 탑승시간이 가까워지면서 알 수 없는 불안감이 밀려왔다. 탑승수속을 마친 나는 쓰러지듯 대기실 의자에 주저앉았다. 거울을 보니 인공 불빛에 노출된 얼굴이 파리하다 못해 하얗게 바래보이기까지 했다. 유골함이 들어 있는 가방을 가만히 끌어안았다. 남편의 따뜻한 체온이 느껴지는 것도 같았다. 중심을 잃은 생각이 이리저리 흔들리다 흩어졌다.

아홉 시 뉴스가 한창 진행 중이다. 흐리고 오후 한때 비. 여자 아나운서가 절제된 목소리로 예년보다 빠른 봄소식을 전한다. 외출 시 우산을 준비하라는 멘트를 남기며 뉴스는 끝이 났다. 신경세포는 온통 창문에 부딪는 바람 세기에 맞춰졌다. 끼니를 거른 뱃속에서 파도소리가 났다. 유골함을 들고 바닷가로 나갔다. 무겁게 내려앉은 잿빛하늘, 날을 세운 삼월의 매서운 바람이 얼굴을 할퀸다. 유골함을 열고 한줌 가득 뼛가루를 집어 들었다. 바람의 길을 따라 흩어지는 하얀 가루. 나는 우두커니 서서 바람 따라 흩어지는 뼛가루를 눈으로 좇으며 마지막 의식을 치렀다. 바다가 내지르는 파도소리에 나의 울음소리가 겹친다.

"잘 가요."

제주도에서 돌아와 꼬박 이틀을 앓았다. 머릿속에서는 여전히 바람소리가 났다. 이혼서류를 훑어보다가 빈 공간으로 남아있는 서명 란에 이름을 쓰고 도장을 찍었다.

식탁 위에 놓여있던 남편의 일기장을 펼쳐들었다. 첫 장을 넘기자 낙서하듯 흘려 쓴 빨간색 펜글씨가 눈에 들어왔다. 나는 오래오래 첫 장에 머물렀다. 차마 다음 페이지를 넘길 수가 없었다.

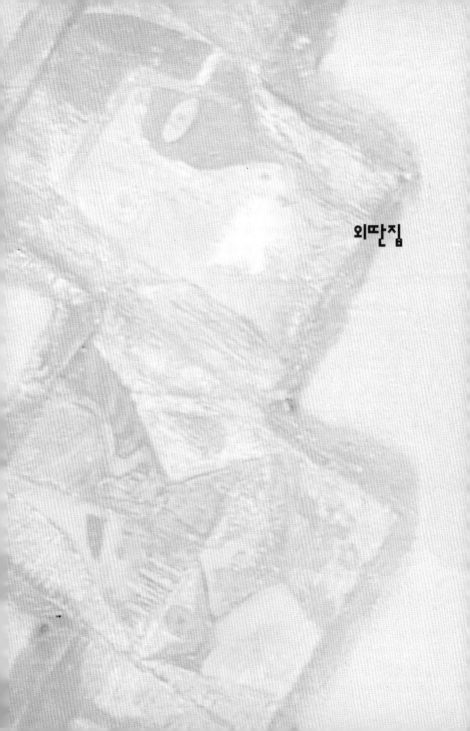

외딴집

땀으로 번들거리는 얼굴을 팔등으로 쓱 훔치며 남편이 나를 향해 웃어보였다. 여자의 마지막 자존심이랄 수 있는 치부를 내보인 것보다 더 견딜 수 없는 것은 남편의 그 소리 없는 웃음이었다. 손에는 방금 빼낸 기저귀가 돌돌 말린 채 들려있다. 나는 못 볼 것을 보기라도 한 것처럼 눈을 감았다. 남편 앞에서만큼은 자존심을 내려놓은 지 오래였지만 그래도 매번 얼굴이 달아올랐다.

"오늘 열 시에 가사도우미가 온다고 했어. 대학병원에서 간병인으로 일한 경험이 있다고 하니까 걱정 안 해도 될 거야."

"내가 원하는 건 그게 아니잖아요. 부탁인데 제발 내가 원하는 대로 좀 해줘요."

내가 원하는 대로 해달라는 말은 염치없어 할 말이 없거나 자존심이 바닥을 보일 때 버릇처럼 내뱉는 말이었다.

"아무리 그래도 소용없어. 달라지는 건 아무 것도 없다고. 판단도 결정도 내가 해."

감정이 실리지 않은 말투였지만 내겐 죽어가는 사람 목에 칼을 꽂는 것만큼이나 잔인하게 들렸다. 표시 안 나게 내 숨통을 조이고 있는 남편이 마치 양의 탈을 쓴 늑대처럼 보였다. 신경전을 벌일 때마다 녹음기의 재생버튼을 누른 것처럼 똑같은 말을 반복하고 있는 남편과 나, 마치 누가 먼저 지쳐 떨어져나가나 내기를 하는 것 같았다. 입씨름을 하는 것도 이젠 지쳤다. 남편 말대로 모든 결정권은 그에게 있었다. 바닥에 떨어진 머리카락 하나 집어들 수 없는 내가 할 수 있는 일은 아무것도 없었다.

손가락 하나 까딱 안 하고 살게 해주겠다던 약속, 결혼 전 남편이 했던 그 말이 씨가 된 것일까? 나는 지금 손가락 하나 움직일 수가 없다. 죽고 싶어도 스스로는 목숨을 끊을 자유마저 없는 몸, 날선 원망이 남편의 목덜미에 꽂힌다.

언제나 그랬던 것처럼 남편은 자기가 할 말만 툭 던져놓고 아무 일도 없었다는 듯 출근준비를 한다. 모닝키스도, 나를 위해 선곡한 CD를 오디오에 걸어놓거나 볼 만한 티브이 프로그램을 예약해주던 친절도 오늘은 없다. 남편의 출근과 동시에 두 사람의 실랑이도 끝이 났다. 다시 원점이다.

오디오도 티브이도 꼼짝 못하고 누워 있는 나도 모두 침묵에 들어있는 시간, 벽걸이 시계바늘만 쉼 없이 움직이고 있다. 살아 움직이는 시계바늘, 초침 소리에 작은 위안을 얻는다. 다행히도 눈에 거슬리던 거실바닥의 머리카락은 보이지 않는다. 자꾸만 벽시계에 눈이 간다. 하긴 지금 내가 할 수 있는 일이 눈으로 시계바늘을 더듬는 것 말고 뭐가 있을까. 애써 잠을 청해 본다. 눈을 감자 초침소리가 더 크게 들린다. 행동이 자유롭지 않은 상태에서 진화되는 것은 감각뿐인지 예민해진 귀는 작은 소리 어느 것 하나 놓치는 법이 없다.

오늘 새 도우미가 온다고 한다. 처음 겪는 일도 아닌데 간병인이 바뀔 때마다 매번 긴장하게 된다. 그동안 나를 거쳐 간 간병인이 벌써 다섯 명이다. 그중엔 이틀 만에 그만둔 사람도 있었다.

먹고 배설하는 가장 기본적인 것마저 나 스스로 할 수 없다. 배설물의 뒤처리까지도 간병인의 손을 거쳐야한다. 생각만으로도 치욕스럽고 자존심이 상하는 일이었다. 나보다 나이 어린 간병인의 케어를 받을 때면 더 그랬다. 그것을 받아들이기까지 꽤 많은 시간이 걸렸다.

간병인이 오기로 한 열 시가 되려면 아직 멀었다. 침대에 누워 벽걸이 시계의 바늘을 눈으로 좇다가 초침소리를 세다가 그마저 어디쯤에서 그만두었다. 오늘따라 시간이 무척 더디 가는 것 같다.

가끔 두 발로 걷는 꿈을 꾼다. 하지만 꿈은 언제나 꿈으로 끝이 났다. 기능을 잃은 몸뚱이를 움직일 수만 있다면 로봇처럼 가슴에 전자 칩을 꼽거나 태엽이라도 감고 싶다.

퇴원하던 날, 나는 마치 여행을 떠나는 사람처럼 한껏 들떠 있었다. 손때 묻은 살림살이는 그대로 있는지, 베란다에 있는 화초들은 또 얼마나 자랐는지. 경비 아저씨는 그대로 근무 중인지……. 그러나 베란다 화초를 볼 수 있는 기회는 주어지지 않았다. 경비 아저씨의 안부도 끝내 확인할 수 없었다.

남편이 나를 데리고 간 곳은 한 번도 와본 적이 없는 낯선 동네였다. 강을 끼고 산모롱이를 돌아 언덕배기에 위치한 외딴집이었다. 마을에서도 멀리 떨어진 외진 곳이었다. 영문을 몰라 어리둥절해 하는 나를 휠체어에 태운 뒤, 남편은 마치 모델하우스를 찾은 손님을 접대하듯 집 안팎을 돌며 친절하게 안내했다.

"퇴원 선물이야. 앞으로 당신이 살 집. 조용하고 공기도 좋고, 아파트보다 훨씬 살기 편할 거야. 나 퇴직하면 시골에 가서 텃밭이나 일구며 살자고 입버릇처럼 말했잖아. 그 시기를 조금 앞당겼다고 생각해."

"……."

"이래 봬도 이름만 대면 다 아는 건축가 작품이라고. 당신 건강 생각해서 친환경 자재만 사용해서 지은 집이야."

남편의 말대로 잔디 깔린 마당은 전문가의 손을 빌린 듯 조경이 잘돼 있었다. 방금 이발을 마친 것처럼 말끔한 모습으로 서 있는 정원수와 가지가 휘어지도록 열매를 매달고 있는 감나무와 대추나무도 눈에 띄었다. 대문에서 현관까지 이어진 널찍널찍한 징검다리 돌도, 쥐똥나무로 둘러진 키 낮은 울타리도 이층집과 조화롭게 잘 어우러졌다. 사방 어디에 눈을 두어도 감탄사가 절로 나올 정도로 경관이 뛰어났다. 얼마 만에 만나는 바깥풍경인가. 공기 좋은 곳에 별장을 마련한 것도 입주도우미를 들인 것도 모두 나를 위한 것이라며 남편은 생색을 냈다. 아무 말이 없자 남편은 확인하듯 또 물었다.

"어때, 마음에 들어?"

"여기서 서울까지 출퇴근 시간이 만만치 않을 텐데 힘들지 않겠어요?"

"아! 그건 걱정하지 않아도 돼. 나는 주말에만 내려올 거야. 간병인아줌마하고 그렇게 얘기가 됐어."

가슴이 철렁 내려앉았다. 팽팽하던 연줄이 툭 끊어진 느낌이었다.

"잘됐네요."

마음에도 없는 소리를 내뱉으며 애써 태연한 척했다. 원하는 답을 들은 것일까? 남편은 그제야 숙제를 마친 아이처럼 홀가분해 했다. 짧은 시간 많은 생각이 스치고 지나갔다. 사고가 나던 그날, 남편이 핸들을 반대편으로 꺾었다면?

병원에 입원해 있는 동안 절망스러울 때마다 마음에도 없는 투정을 부리며 툭하면 이혼을 들먹였다. 그렇게 해서라도 아내의 자리를 확인시켜주고 싶었다. 나를 위한 방어이자 남편의 마음을 떠보기 위한 제스처였다. 그걸 남편이 모를 리 없었다.

남편은 왜 굳이 우리 집이 아닌 '당신의 집'을 강조할까? 그것도 퇴원선물이란 이름을 붙여서……. 남편에게 안겨 이층 계단을 오르는데 나도 모르게 눈물이 핑 돌았다. 내가 살아서 다시 이 계단을 내려올 수 있을까? 요양이라는 허울 좋은 명목으로 어쩌면 영원히 방치될지도 모른다는 생각이 들었다.

삼면이 통유리로 되어 있는 이층은 원룸 형태로 모든 시스템이 자동화되어 었었다. 바깥 풍경이 통째로 들어왔다. 특히 바퀴달린 침대는 특수 제작되어 센서에 의해 작동됐다. 버튼만 누르면 각도 조절은 물론 등창을 방지하는 기능까지 갖춰져 있었다. 작동 방법을 일일이 설명하며 남편은 마치 백 점짜리 시험지를 내보이며 칭찬을 기다리는 아이처럼 내 눈치를 살폈다. 버튼 하나 누르는 것조차 남의 손을 거쳐야한다는 사실을 남편은 깜빡한 것 같았다. 고마워요. 목구멍까지 밀고 올라오는 그 말을 나는 끝내 눌러 참았다.

가사도우미가 오려면 아직 오십 분이 남았다. 그런데 이 소리는 뭐지? 온 신경이 이층 계단을 오르는 발자국 소리에 맞춰졌다. 첫날이라 조금 일찍 출근하는 것일까? 가까이 다가오던 발자국 소리가 바로 내 머리맡에서 멈췄다. 나도 모르게 두 눈을 감았다. 거친 숨소리가 내 얼굴 위에 흩어졌다. 스치듯 마른 풀 냄새가 났다. 가사도우미가 아니라는 걸 느낌으로 알 수 있었다. 눈꺼풀이 바르르 떨렸다. 소리를 질러도 아무 소용이 없다는 걸 잘 안다. 겁이 났지만 내가 할 수 있는 일은 아무 것도 없었다. 그냥 지켜보는 수밖에. 침묵이 칼보다 더 무섭게 느껴졌다. 침입자가 내 입을 틀어막고 목을 조르는 상상을 하자 숨이 막혔다. 살짝 눈을 뜨고 보니 덩치가 산 만한 남자가 떡 버티고 서서 나를 내려다보고 있었다. 사십 대 중반으로 보이는 남자였다.

"누, 누구세요?"

겁에 질려 소리를 지르자 당황했는지 남자가 한 발짝 뒤로 물러서며 손으로 앞마당을 가리켰다.

"나쁜 사람 아니니까 겁먹지 말아요. 이 집 지을 때 조경을 맡았던 사람이에요. 나무의 안부도 궁금하고 해서 지나는 길에 차나 한 잔 얻어 마실까 해서 들렀어요. 대문이랑 현관문이 열려 있고 이층에 불이 켜져 있어 올라와 봤어요."

상대가 강도가 아니라는 사실에 우선은 안심이 됐다.

"미안해요. 많이 놀라셨죠? 주무시는 것 같아서 그냥 돌아나가려던 참이었어요. 근데 이 넓은 집에 혼자 있어요?"

"······."

"나무가 생각보다 잘 자랐네요. 저기 있는 감나무하고 배롱나무는 베어 버리라는 걸 내가 우겨서 살려놨는데 보기 좋네요. 올해 감 풍년이라더니 감도 많이 열리고."

"감나무를 살려둔 건 잘하셨어요. 열매도 열매지만 관상용으로도 아주 훌륭해요."

"저 정도 크기면 아마 열 살이 넘었을 걸요."

감나무를 지켜준 남자가 고마웠다. 감이 익어 떨어질 때까지 따지 말고 그냥 두고 보라고 남자는 말했다. 관상용으로도 훌륭하다는 내 말을 귀담아 들은 모양이다.

"감나무는 목재가 단단하고 재질이 고른 게 특징이에요. 특히 나무 속에 검은 줄무늬가 들어간 먹감나무는 문갑 사방탁자 등 장식용으로 인기가 많지요. 난 골프를 안 해서 잘 모르지만 골프채의 머리 부분도 감나무로 만든 것을 최고급으로 꼽는다고 하더군요. 조경 사업을 하다 보니 자연히 나무에 대해 관심을 갖게 되고 공부도 하게 돼요."

"감나무가 그 정도로 효용가치가 있는 줄 몰랐네요."

경계심을 풀고 관심을 보이자 신이 났는지 남자는 마당에 있는 정원수의 이름과 원산지 그리고 재질에 대해 하나하나 설명해주었다. 남자의 말을 중간에 자르지 않고 끝까지 들어줬다. 낯선 남자를 내치지 않을 만큼 사람이 그리웠던 것일까. 강도가 들었다며 긴장했던 조금 전의 일은 까맣게 잊고 나는 무엇에 홀린 사람처럼 남자가 하는 이야기 속에 빠져들었다. 아무도 없는 집에서 그것도 처음 본 남자와 말을 섞고 있다는 게 믿어지지 않았다.

외딴집을 방문한 첫 번째 손님, 남자는 나중에 다시 들르겠다는 말을 남기고 자리를 떴다. 느닷없는 남자의 출현, 나쁘지 않았다. 잠시였지만 방치됐다는 절망감에서 놓여날 수 있었다.

외딴집에 부려진 두 여자! 나는 주중 5일이 불안했고 간병인 아줌마는 남편이 오는 주말 이틀을 불편해 했다. 남편은 하루에도 몇 번 전화로 나의 안부를 물어왔다. 남편의 도리를 다하기라도 하는 것처럼…….

어떤 경우에도 남편을 의심해 본 적이 없었다. 사고 전에도 그랬고 병원에 입원해 있을 때도 그랬다. 그런데 외딴집으로 거처를 옮기면서부터 이유 없이 초조하고 불안했다. 남편이 안 보이는 주중이 더 그랬다. 그동안 잊고 있었던 일들이 갑자기 궁금해지기 시작했다. 혹시 남편에게 여자가 생긴 건 아닐까? 무엇보다 친정아버지가 남편 모르게 건네준 땅문서의 안부가 궁금했다. 남편이 내 소유의 자동차를 팔아치운 것도, 허락도 없이 휴대폰을 없애버린 것도 당연하다고 생각했었다. 퇴원을 해도 정상적인 생활이 불가능하다는 걸 알고 있었기 때문이다.

내가 기억할 수 있는 전화번호가 몇 개나 될까? 나는 생각보다 아주 많은 걸 잃고 있었다. 세상 것들과의 단절, 나는 신체적 기능만 잃은 게 아니었다.

내가 알아서 할게, 선택도 결정도 내가 해. 남편의 그 말이 상처에 왕소금을 끼얹는 것만큼이나 잔인하게 들릴 때가 있다. 난 그때마다 트집을 잡고 시비를 걸었다. 어느 땐 이성이 마비된 사람처럼 남편에게 대들었다. 그래봤자 따지고 욕하고 소리 지르고, 남편 말대로 난 입만 살아 있었다. 그렇게라도 해서 숨통을 틔고 나면 조금 살 것 같았다. 불쌍하다며 항상 내 편이 되어주던 간병인아줌마도 언제부턴가 그런 나를 지겨워하기 시작했다.

"에지간이 볶아대. 그러다 남아 있는 정마저 떨어지겠다. 시체처럼 누워만 있는 여편네 버리지 않는 것만도 다행이지."

"……."

"내 말이 서운하게 들릴지 모르지만 입장 바꿔 생각해 봐. 같은 여자인 내가 봐도 지겨운데 하루이틀도 아니고 당사자는 오죽하겠어."

"나라고 그러고 싶겠어요. 백 번 이해를 하다가도 내 처지를 생각하면 화가 나서 그래요."

"왜 아니겠어. 멀쩡한 나도 견디기 힘든데. 하루 웬 종일 개미새끼 한 마리 구경을 할 수가 없으니. 지옥이 따로 없지. 이러다 자네보다 내가 먼저 가게 생겼다니까."

아줌마는 그동안 어떻게 참았을까 싶을 정도로 막말을 쏟아냈다. 남편에게서조차 들어보지 못한 폭언이었다. 어쩌다 대거리를 하면 당장이라도 짐을 쌀 것처럼 엄포를 놓았다. 그야말로 될 대로 되라는 식이었다. 언제부턴가 환자인 나는 안중에도 없었다. 단조로운 생활에 한계를 느낀 것 같았다. 툭하면 밖으로 나돌았다.

간병인아줌마가 가는 곳은 주로 강가였다. 불안했지만 지켜보기로 했다. 사실 그렇게라도 쏘다니며 스트레스를 풀 수 있는 아줌마가 부러웠다. 아줌마의 우울모드는 신기하게도 남편이 오는 주말이면 반짝했다. 하지만 특별수당의 약발은 3일을 넘기지 못했다. 사용자가 사용인의 눈치를 보는 신세가 됐다.

이층 유리창을 통해 본 강물은 늘 잔잔했다. 강풍이 불어도 크게 요동치지 않았다. 출렁이는 것은 아줌마와 나, 두 여자였다.

칠월로 접어들면서 아줌마는 장마철 날씨만큼이나 감정기복이 심했다. 장맛비로 외출이 여의치 않자 하루 종일 티브이 앞에 앉아 있거나 죽은 듯이 몇 시간이고 내리 잠만 잤다. 매사 귀찮은지 묻는 말에만 겨우겨우 대답을 했다.

"다른 건 다 아줌마 편한 대로 해도 좋은데 전화 벨소리만큼은 놓치지 마세요. 내가 바깥세상과 소통할 수 있는 유일한 통로잖아요."

"내가 마음에 안 들지? 아마도 갱년기 우울증인가 봐. 나한텐 그런 말조차 사치인거 잘 알아. 하지만 세상살이가 어디 마음먹은 대로 되냐구. 무슨 조홧속인지 강물을 쳐다보고 있으면 나도 모르게 자꾸만 뛰어들고 싶은 생각이 들어."

"힘들어 하는 건 알았지만 그 정도인 줄 몰랐어요. 내 걱정은 말고 바깥바람도 쐬고 그러세요. 강을 끼고도는 둘레길이

좋다고 하던데 운동 삼아 다녀오세요. 특별히 할 일도 없잖아
요."

"참 이상하지? 누가 부르기라도 하는 것처럼 나도 모르게 자
꾸만 그쪽으로 발길이 놓여. 이러다 뭔 일 나지 싶기도 하고."

간병인아줌마는 외딴집에서의 생활을 환자인 나보다 더 못
견뎌했다.

"강물이 자꾸만 나를 불러."

아줌마는 가끔 실성한 사람처럼 혼자 중얼거렸다. 여름 내
내 시도 때도 없이 강가를 쏘다니던 아줌마는 결국 태풍이 지
난 며칠 후 짐을 쌌다. 아무 말도 못하고 아줌마가 하는 양을
그냥 지켜볼 수밖에 없었다. 피차 미안하다는 말은 하지 않았
다. 아줌마를 우울증환자로 만들 순 없었다.

태풍의 뒤끝은 요란했다. 또 한 차례 비바람이 몰아쳤다. 외
딴집에 오고 처음으로 성난 강물을 보았다. 잔잔하던 강물이
황토빛 물굽이를 만들며 몸부림쳤다. 장마로 불어난 개울물을
건너다 오도 가도 못하고 한복판에 서서 울고 있는 계집아이의
모습이 겹친다. 운동화 한 짝이 떠내려가는 것을 바라보면서
도 그 자리에서 옴짝달싹 못하고 무서워 벌벌 떨고 서 있다. 흙
탕물에 속옷까지 흠뻑 젖어 돌아온 아홉 살 계집아이는 며칠을
고열에 시달리며 악몽을 꾸었다. 물에 떠내려가다 나무뿌리를

잡고 허우적대다 깨곤 했다. 개울물을 건널 때는 먼 곳에 눈을 두어야 해. 그러면 어지럽지 않거든. 이마에 물수건을 얹으며 엄마는 말했다.

어지럼증이 인다. 외딴집에 혼자 남겨졌다는 사실보다 더 무서운 건 황토빛 강물이었다. 강물이 이층집을 덮칠 것만 같았다. 공포 속에서 기도가 되어 나온 말은 '살려 달라'가 아닌 '제발 나를 좀 빨리 데려가 주세요'였다. 전화벨이 요란하게 울린다. 침대에 누워 울어대는 전화기를 노려본다.

시간은 더디 갔다. 목이 말랐지만 그런대로 참을 만했다. 남편이 오는 토요일까지는 버텨야했다. 제때 처리 못한 기저귀에서 올라오는 악취 때문에 숨이 막힐 것만 같다. 아! 나도 모르게 신음소리가 비어져 나온다. 내가 싫다. 남편이 오는 시간을 계산하며 나는 또 하릴 없이 벽에 걸린 시계바늘을 좇는다.

남편을 보자 참았던 눈물이 쏟아졌다. 차라리 나를 죽여 달라고 악을 썼다. 어처구니없는 상황에 남편은 분노했다.

"그 여자 미친 거 아냐. 환자를 팽개치고 사라지다니? 가면 간다고 내게 전화를 했어야지."

"당신, 아줌마보다 나을 것도 없어요. 나를 이곳에 방치한 사람이 누군데? 왜, 아직 살아있나 확인하러 왔어요?"

"진정해. 아무리 화가 나도 그렇지 무슨 말을 그렇게 해. 간병인 구할 때까지 당분간 내가 여기 있을 게. 며칠이 될지 모르겠지만 불편해도 좀 참아. 당신만 힘든 거 아냐. 나도 힘들다고."

"그럴 거 없이 제발 요양원에 보내줘요. 내가 원한다구요."

"알았어, 알았다구. 그렇지만 지금 당장은 아냐."

"비용 때문이라면 걱정 말아요. 내 몸뚱이 하나 건사할 돈은 있어요. 화장대 맨 아래 서랍에 보면 땅문서가 있어요. 지난번에 얘기했잖아요. 아버지가 내게 물려준 거, 그거면 내가 평생을 쓰고도 남을 거예요. 그러니 돈 걱정은 말고 제발 내가 갈 만한 시설 좋은 요양병원 좀 알아봐 줘요."

"알아듣게 얘기했잖아. 왜 자꾸만 어깃장을 놓고 그래. 요양원에 들어가는 거, 그게 최선의 방법은 아니잖아. 문제가 생기면 해결을 하려고 노력해야지. 이 집보다 더 나은 환경은 없어. 그러니까 당신이 요양원에 가는 그런 일은 없을 거야. 나하고 부부의 연을 끊고서라면 몰라도."

"그럼 이참에 깨끗하게 갈라서든가. 나를 놓아주지 않는 진짜 이유가 뭐예요? 체면 때문에? 아니면 내 명의로 돼 있는 재산을 한 푼도 챙길 수 없어 그래서 그런 거예요. 내가 너무 정곡을 찔렀나?"

남편의 얼굴이 벌겋게 달아올랐다. 결론 없는 신경전이 계속됐다. 두 사람 모두에게 남는 건 결국 상처뿐이었다. 결혼생활 8년보다 더 길게 느껴졌던 열흘, 우린 치열하게 싸우고 또 화해했다. 그 열흘 동안 나는 남편의 본심, 민낯을 보았다.

여섯 번째 가사도우미는 깔끔한 인상의 젊은 여자였다. 출퇴근하는 조건으로 채용됐다. 장애가 심한데다 사는 곳이 워낙 외진 곳이라 입주 간병인을 구하기가 쉽지 않았다. 주말에만 오던 남편이 당분간 이곳에 머물면서 출퇴근을 하겠다고 했다.

가사도우미가 도착한 시간은 열 시 오 분 전이었다. 이층으로 올라온 여자는 나와 눈이 마주치자 먼저 자기소개를 했다.

"오늘부터 사모님을 모시게 될 박미경이에요. 특별히 제게 부탁하고 싶거나 애로사항이 있으면 바로바로 말씀해 주세요."

"반가워요. 생각보다 힘들지도 몰라요. 잘 부탁해요."

일복으로 갈아입은 도우미는 메모지와 볼펜을 들고 다시 내가 누워 있는 침대로 다가왔다.

"계획표를 짜려구요. 별거 아닌 거 같아도 계획표에 따라 움직이다 보면 시간을 늘려 쓸 수 있어 좋더군요. 변수가 생기면 그건 그때그때 상황에 따라 처리하면 되구요. 그리고 영양식 위주로 일주일 단위의 식단도 짤 거예요. 특별히 좋아하거나 드시고 싶은 음식이 있으면 말씀하세요. 참고할게요."

"고마워요. 특별히 가리는 음식은 없으니 신경 쓸 거 없구요. 그리고 호칭 문젠데 앞으로 미경 씨라고 불러도 되겠죠?"

"네, 편하신 대로."

외모에서 풍기는 이미지만큼이나 똑 부러졌다. 도우미 앞에서 주눅이 들긴 처음이었다. 얘기가 끝나자 그녀는 음악을 틀고 청소기부터 찾아들었다. 무겁던 집안 분위기가 갑자기 환해지면서 생기가 돌았다. 사무적인 말투가 조금 걸리긴 했지만 그것만 빼면 모두 합격이었다. 간병인아줌마 기분에 따라 하루에도 몇 번 천당과 지옥을 오갔는데 조금 숨통이 틔는 것도 같았다. 미경은 마무리도 깔끔했다. 남편에게 하루일과를 보고한 뒤 아홉 시 정각에 퇴근했다. 남편이 이것저것 미경에 대해 물어왔지만 대답하지 않았다.

남자의 두 번째 방문은 그가 다녀간 지 보름 뒤였다. 여덟 시 반, 남의 집을 방문하기엔 이른 시간이었다. 불쑥 나타난 그가 처음 본 그날처럼 무섭지는 않았지만 그렇다고 경계심을 늦추지도 않았다. 남자는 아주 자연스럽게 의자를 끌어당겨 앉으며 말했다.

"잘 지내셨죠? 그동안 쭈욱 생각해 봤는데요. 주제 넘는 얘긴지 모르지만 제가 도울 일이 있을 것 같아서요."

"돕다뇨? 그쪽에서 도울 일이 뭐가 있겠어요. 보시다시피 저는 손가락 하나 까딱 할 수 없는 중증장애인이에요. 성의는 고맙지만 마음만 받겠습니다. 조금 있으면 도우미가 올 거예요. 도움이 필요해도 그쪽한테 부탁할 일은 아니잖아요."

"까칠하시긴, 그냥 편하게 생각하세요. 특별한 건 아니구요. 제가 교회에서 봉사활동을 하거든요. 우리 교회로 인도하고 싶은데 그건 어려울 것 같고, 제가 방문해서 책을 읽어 드리거나 말동무가 돼 드리면 어떨까 해서요. 날짜와 시간대를 알려주시면 거기에 맞춰 오겠습니다. 일주일에 두 번 방문 가능합니다. 읽고 싶은 책이 있으면 미리 알려주세요. 남편이나 도우미한테 부탁해서 직접 구입하셔도 되고 아니면 제가 도서관에 가서 빌려와도 되구요."

이미 허락을 받기라도 한 것처럼 남자는 구체적으로 설명해 나갔다. 나를 위해 제 발로 찾아온 사람이었다. 얘기도 들어보기 전 너무 일방적으로 몰아붙인 것 같아 미안했다. 남자를 집 안으로 끌어들인다는 게 내키지 않았지만, 그렇다고 남편과도 안면이 있는 사람을 무조건 내치는 것도 예의는 아닌 것 같았다. 남자를 믿고 한 번 부딪쳐 보기로 했다.

남자가 읽어준 첫 번째 시는 '비파나무'였다.

몸은기억 한다 그때 우리는 젖은 머리를 털고 있었다

손끝이 스칠 때 비파나무 그늘도 가늘게 떨렸다 빗
물에 젖은 열 개의 손가락으로 그의 갈비뼈를 더듬고
싶었다 끈끈한 시간의 뒷면에 혀를 대면 그는 떨어진
우표처럼 기울어 있다

　남자는 덩치에 어울리지 않게 한껏 분위기를 잡고 시를 읽
어 나갔다. 남자가 비파나무를 낭송하는 동안 나는 첫 소절 '몸
은 기억한다'에 걸려 그 다음으로 넘어가지 못하고 계속 되돌
기를 했다. 그랬다. 잃어버린 몸의 감각을 기억할 수 있다면,
찾을 수만 있다면, 나는 제일 먼저 남편의 사랑을 확인하고 싶
었다. 사고 후 멈춰버린 몸의 감각을 한 번 느껴보고 싶었다.
　자칭 책 읽어주는 남자! 월요일과 수요일 오전 여덟 시, 내겐
누군가를 기다리는 즐거움이 더해졌다. 일주일에 두 번, 남자
는 한 번도 그 일을 거르지 않았다. 그런 그가 미더웠다. 비록
전지가위를 들었던 손은 거칠고 투박했지만, 속은 한없이 여리
고 순수한 감성을 지닌 사람이었다. 무엇보다 그에겐 사람의
마음을 훔치는 묘한 매력이 있었다. 이성에게 느끼는 감정과는
또 다른 차원의 끌림이었다. 내가 현실을 망각한 채, 남자에게
자꾸만 의지하게 되고 기대는 마음이 더해지는 것도 그 때문이
었다. 짧은 시간 그렇게 빨리 누군가에게 마음을 빼앗길 수 있
다는 게 놀라웠다. 더구나 상대는 남자였다. 남편에게조차 내

보이지 않았던 속엣말을 남자에게 털어 놓기도 했다. 계단을 올라오는 발자국 소리가 들린다. 기분 좋은 떨림이다. 나도 모르게 입가에 웃음이 물린다.

"책 읽어주는 대신 오늘은 강가에 데려다 줘요. 누군가처럼 강물과 얘기가 하고 싶어졌어요."

"어려운 일도 아닌데, 왜 진즉 그 생각을 못했을까요?"

남자는 흔쾌히 내 부탁을 들어주었다. 남자의 품에 안겨 이층계단을 내려가는데 나도 모르게 눈물이 핑 돌았다. 처음 만났던 그날처럼 남자의 몸에서 마른 풀냄새가 났다. 남자는 오늘따라 말을 아끼는 것 같다. 강둑을 따라 서서히 움직이던 휠체어가 어디쯤에서 멈춰 섰다.

"세상엔 기적이라는 것도 있어요."

"밑도 끝도 없이 그게 무슨 소리에요?"

"며칠 전 특수 초음파를 이용해 혼수상태에 빠진 식물인간이 깨어났다는 뉴스를 봤어요. 포기하지 마세요. 기적의 주인공이 될 수도 있잖아요."

"그런 행운이 내게도 올까요? 당장은 이렇게 외출을 할 수 있는 것만으로도 더 바랄 게 없어요. 그쪽이 아니었으면 이런 호사도 누릴 수 없었겠죠. 꿈도 꿀 수 없는 일이었죠. 아무튼 여러 가지로 고마워요."

"언제든 사용해 주세요. 그렇더라도 오늘 아침산책은 여기 까지입니다."

강물을 만나고 돌아오는 길에 대문 앞에서 미경 씨를 만났 다. 조금 웃어 보였던가?

언제부턴가 요양원에 보내달라던 말이 쏙 들어갔다. 남자의 친절이 만들어낸 변화였다. 외딴집에 또 다른 변화가 있다면 남편의 칼 같은 귀가시간이었다. 미경 씨 덕분이었다.

남편에게 필요 이상으로 친절하지 않은 미경 씨가 미더웠 다. 나를 동정하거나 과잉 친절을 베풀지도 않았다. 꼭 필요한 말만 했고 정해진 계획표대로 일했다. 미경 씨는 남자의 방문 에 대해서도 모르는 척했다.

손톱에 메니큐어를 바르고 싶다고 하자 청소를 하다 말고 곧바로 외출 준비를 한다. 내게 좋아하는 색깔이 무엇인지는 묻지 않았다. 색색의 메니큐어를 바른 열 손가락을 상상해 본 다.

낮게 내려앉은 잿빛 하늘에선 기어이 비를 뿌려대기 시작했 다. 유리창에 점점이 찍히며 떨어지던 빗방울은 오후가 되면서 제법 굵은 줄기를 세우고 달려들었다. 고스란히 비를 맞고 서 있는 감나무에게 말을 건넨다. 이 비가 그치고 나면 가을이 한 층 내려와 있겠지?

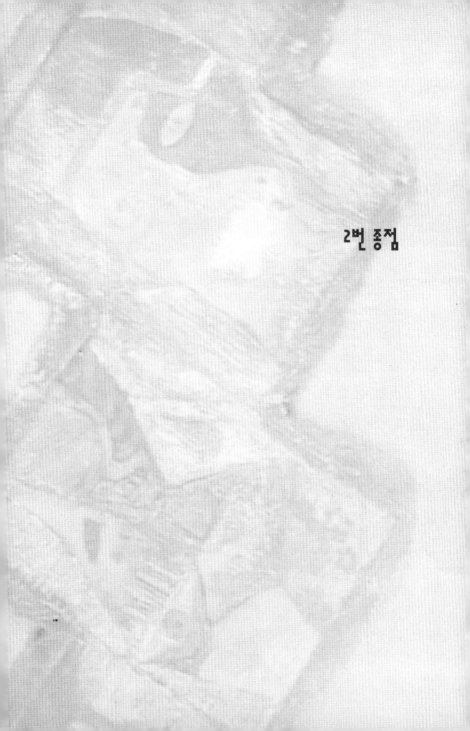

2번 종점

"늦어요?"

아내가 거실 소파에 걸터앉아 통화를 하다말고 한마디 툭
던진다. 운동화 뒤축을 꺾어 신은 채 서둘러 현관문을 나선다.
뒤통수에 달라붙는 시선이 따갑다. 관심이랄 것도 없는 아내의
말 한마디가 오히려 나를 더 빨리 현관문 밖으로 밀어낸 꼴이
됐다. 가끔은 아내의 무관심이 고마울 때가 있다.

잘해낼 수 있을까. 출근 날짜가 코앞으로 다가오자 다잡았
던 마음이 자꾸만 뒤치락댄다. 선택의 여지가 없다고 용기를
내다가도 아이들 생각을 하면 온몸의 힘이 쭉 빠진다. 아빠의
직업으로 인해 아이들에게 따라붙을 꼬리표가 자꾸만 신경 쓰
인다. 열한 살, 아홉 살, 아빠의 직업을 이해하기에는 아직 어
린 나이다. 늦은 나이에 얻은 보물 같은 존재, 두 딸만큼은 좋

은 환경에서 남부럽지 않게 키우고 싶은데 뜻대로 안 된다. 어젯밤 머리 위로 하트를 만들어 보이며 재롱을 떨던 막내딸 모습을 떠올리자 또다시 가슴이 먹먹해진다. '아빠 힘내세요. 우리가 있잖아요.' 언제 들어도 기분 좋은 말이다.

가구공장 사장에서 구청 소속 생활쓰레기수거원, 그야말로 수직 하강이다. 내가 쓰레기 치우는 청소부가 될 줄 상상이나 했을까. 부끄러운 일은 아니지만 그렇다고 내놓고 자랑할 일도 아니었다. 몸으로 부딪치는 일이라면 쓰레기 치우는 일이 아니라 쇳덩이를 녹이는 일이라도 얼마든지 할 수 있을 것 같았다. 가구공장에서 잔뼈가 굵은 몸 아닌가. 사포질에서 가구 옻칠까지 밑바닥부터 시작해 이십 년 넘게 안 해본 일이 없다. 사장이 되어서도 사무실 책상머리에 앉아있기보다는 작업현장에 나가 종업원들과 함께 땀 흘린 시간이 더 많았다. 제일 먼저 출근하고 가장 늦게 퇴근하는 사람이 바로 사장인 나였다. 그 정신, 그 열정이면 무슨 일인들 못할까. 겁날 게 없었다.

그런데 왜 하필이면 처음 맡은 구역이 2번 종점일까. 2번 종점은 내가 사는 동네 아닌가. 채용 합격소식의 기쁨도 잠시 머릿속이 수세미처럼 엉켜들었다. 어쩌면 해당 부서의 전략일지도 모른다는 생각이 들었다. 밑바닥 세계에서 살아남으려면 알량한 체면이나 자존심 따윈 일찌감치 던져버리라는 일종의 경고 같은 것인지도. 그래서인지 채용정보를 물어다준 친구 정길이 수시로 전화를 해댔다. 혹여라도 내 마음이 변할까 봐 걱정하는 눈치였다.

"얌마! 체면이 밥 먹여 주냐? 사대보험에 애들 교육비까지 해결되는데 뭘 더 망설여. 경쟁률이 얼마나 쎈지는 너도 들어 알고 있지. 환경미화원 그 일도 이젠 하고 싶다고 아무나 할 수 있는 그런 직업이 아니라구."

"누가 그걸 모르냐. 그런데 왜 하필이면 2번 종점이냐고. 쪽 팔리게."

"너 아직 배가 덜 고팠구나. 여덟 명 모집에 이백 명 넘게 몰린 곳도 있대. 경쟁률 이십오 대 일. 더 놀랄 일은 그중에 전문대 졸 이상 지원자가 반이 넘는다는 거야. 내 말이 안 믿어지면 지금 당장 인터넷에 들어가 검색해 봐. 오죽하면 미화원 고시라는 말까지 생겨났겠어."

정길이 말대로 눈 질끈 감고 자존심만 내려놓으면 될 일이었다. 가구공장을 접은 후 백수로 지낸 지 벌써 일 년이 넘었다. 사실 내 처지에 이것저것 따질 형편은 아니었다. 무엇보다 포기할 수 없는 것은 중소기업 과장급에 해당하는 연봉이었다. 물론 수습기간을 거친 뒤 정규직이 됐을 때의 얘기다.

환경미화원! 이름대로라면 그야말로 환경을 아름답게 꾸미는 사람 아닌가. 스스로를 위로하며 종점을 지나 산동네로 발걸음을 놓았다. 2번 종점과 산동네, 앞으로는 싫어도 하루에 한두 번은 거쳐야 할 일터였다. 시쳇말로 나의 나와바리 아닌가. 손금을 들여다보듯 훤한 곳이었지만 그래도 한 번 찬찬히 둘러보고 싶었다.

뒤통수에 달라붙는 시선이 느껴져 뒤돌아보니 커다란 누렁이 한 마리가 줄레줄레 내 뒤를 따라온다. 꼬락서니를 보니 유기견 같았다. 떠돌이 개나 길고양이들이 활보하기에 산동네만큼 좋은 곳도 없지 싶다. 한아름마트를 지나 조금 더 올라가니 고물상 뒤쪽으로 전에 못 보던 컨테이너박스가 하나 놓여있다. 며칠 뜸한 사이 그새 또 동네가 달라졌다.

하긴 새삼 놀랄 일도 아니다. 삼거리 근처에 지하철역이 생기고 산동네에 전문대학교가 들어선다는 소문이 돌면서 생긴 기현상이다. 보상금을 노린 사람들이 무허가 가건물을 지어 세를 놓거나 임시로 살고 있는 것이다. 토박이들이 대부분이었는데 텃세가 만만치 않다. 대를 이어 농사를 짓다가 개발이 되면서 갑자기 땅값이 치솟는 바람에 초단시간에 벼락부자가 된 졸부들이다. 대표적인 인물로 박종섭 씨가 그 부류에 속했다. 종점 근처에 있는 칠 충짜리 빌딩과 빌라 다섯 동에서 들어오는 월세만 해도 매달 수천만 원이 넘는다고 들었다. 산동네 무허가 건물에 사는 사람들 중엔 박씨처럼 알부자가 많았다. 겉보기에는 허름한 가건물이지만 안으로 들어가 보면 입이 딱 벌어졌다. 넓은 공간을 꽉 채운 명품 가재도구에 고가의 오디오 시스템까지 갖추어 놓고 문화생활을 즐기는 사람도 있었다. 무허가 건물에 산다고 무시했다가는 오히려 망신을 당하거나 운신을 못할 정도로 동네에서 철저히 왕따를 당했다. 토박이들의 갑질, 그만큼 입김도 셌다.

하루벌이 일용직 근로자부터 가내공업 사장들까지 사는 정도와 수준도 천차만별, 산동네는 그야말로 인간군상들의 집합소였다. 하지만 그곳엔 또 그 나름대로 사람 사는 냄새가 났다. 세 들어 있던 가구공장도 산동네 무허가 건물이었다. 공장을 접고서도 거의 매일 산동네를 찾았다. 그곳에 가면 굳이 나를 포장하지 않아도 되었다. 외상술을 마시면서 자존심을 내세우지 않아도 됐고, 고개 숙인 남자의 말 못할 고민을 털어놓아도 크게 부끄럽지 않았다. 솔직히 말하면 달리 갈 곳이 없기도 했다.

"어이! 김 사장 요즘 얼굴 보기 힘드네. 간만에 만났는데 해장술 한 잔 해야지?"

고물상을 하는 강 씨가 피우던 담배꽁초를 발로 비벼 끄며 알은체를 한다. 덩치로 보나 인품으로 보나 언제 봐도 넉넉하다. 해장술 운운하는 걸 보니 어젯밤에도 어지간히 퍼마신 모양이다. 입을 열 때마다 시큼텁텁한 냄새가 확 풍긴다. 얼른 담배 한 개비를 꺼내 물었다. 강 씨는 마치 나를 기다리고 있었던양 앞장을 섰다. 동네를 한 바퀴 돌아보겠다던 계획은 강 씨를 만나면서 물 건너갔다. 오늘만큼은 지갑을 통틀어서라도 술을 한 잔 사야겠다. 느린 걸음으로 목줄이 걸린 강아지처럼 강 씨 뒤를 따라갔다. 취직문제도 그렇고 그동안 쌓인 얘기가 많았다. 월요일 첫 출근의 부담이 있긴 했지만 그동안 얻어 마신 술이 얼마인가. 소주병을 일렬로 세우면 거짓말 조금 보태 산동네를 몇 바퀴 돌고도 남을 것이다. 앉은자리에서 소주 네다섯 병을 비울 정도로 죽이 잘 맞는 강은 동갑내기에다 무엇보다 얘기가 잘 통했다. 잘나가던 벽돌공장 사장에서 고물상을 하기까지 나 김재명 만큼이나 사연이 많은 친구였다. 공장을 운영할 때도 그랬지만 백수가 되어서도 둘은 하루가 멀다고 어울려 다녔다. 그런데 취직 문제로 골머리를 앓으면서 한동안 만나지 못했다.

식당 문을 열고 들어서자 여사장 명순 씨가 반색을 한다. 눈웃음이 매력적인 여자, 변두리 산동네에서 음식장사를 하기엔 아까운 여자다. 단골 중엔 남자 손님들이 많았는데 다 그만한 이유가 있었다. 특히 가게와 이웃해 있는 강 씨는 식당을 제집

드나들 듯했다.

"뭔 일 있어. 며칠 못 본 사이 얼굴이 많이 망가졌네."

강 씨가 주방 바로 앞 테이블에 자리를 잡으며 한마디 던진
다. 주방이 훤히 들여다보이는 그 자리는 강 씨처럼 일수를 찍
다시피 하는 손님들의 지정석이기도 하다. 그러니까 정다운 식
당의 VIP석인 셈이다.

"일은 무슨, 그냥 사는 게 재미없어서."

"난 또 뭐라구. 보소 김 사장! 사는 게 재미있는 사람이 몇이
나 되겠어. 다들 죽지 못해 사는 거지. 그래도 한때는 어깨에
힘주고 살았잖아. 비밀 아지트 출입도 해보고. 꼬맹이 미스 한
은 지금도 거기 있나 모르겠네. 서비스 하나는 끝내줬는데. 김
사장이라면 껌뻑 넘어 갔잖아. 무슨 특별한 기술이라도 있는
겨?"

"특별한 기술은 무슨 얼어 죽을……. 그리고 본인 경험담을
그렇게 남의 일처럼 얘기하면 안 되지."

내가 되받아치자 강 씨가 술잔을 들어 올리며 클클거린다.
그의 말대로 특권을 누리며 갑질을 하던 때도 있었다. 하지만
이제는 모든 게 죽은 자식 불알 만지기다. 생각하면 할수록 한
숨만 더해진다.

사업을 접은 지 일 년이 지났는데도 사람들은 아직도 나를

김 사장이라고 부른다. 하긴 산동네 술친구 중에 사장 아닌 사람이 몇이나 될까. 고물상을 하는 강 씨도, 본드냄새가 몸에 밴 수제구두 하청업체 이 씨도, 구멍가게를 운영하는 배 씨도 사장은 사장이었다. 사장이든 아우님이든 부르기 좋고 듣기 좋으면 그만이었다.

식당은 한산했다. 시간제 아르바이트생은 퇴근을 했는지 보이지 않았다. 밥때를 놓쳤는지 강 씨는 안주로 나온 부대찌개에 밥을 말아 게걸스럽게 우겨넣는다. 주문한 안주가 나오자 여사장도 알아서 술잔을 챙겨 강 씨 옆자리를 차고앉는다. 강 씨의 손이 자연스럽게 명순 씨 허리에 둘러진다. 나는 안중에 없다는 듯 둘은 이제 대놓고 애정행각을 벌인다. 하긴 언제부턴가 그마저도 익숙한 풍경이 됐다. 미니스커트 아래로 드러난 허벅지에 자꾸만 눈길이 간다. 의지와 관계없이 수컷 본능에 충실한 아랫도리가 눈치 없이 들고 일어난다. 담배 한 개비를 챙겨들고 서둘러 화장실로 향했다. 타들어가는 담배처럼 한껏 부풀었던 물건도 제풀에 사그라들었다. 볼일을 보고 돌아오니 그새 무슨 일이 있었는지 아니면 알코올 기운 때문인지 강의 얼굴이 벌겋다.

"암튼 명순 씨 남자 다루는 솜씨는 알아줘야 돼. 산도적 같은 강 사장을 쥐락펴락하는 걸 보면. 여장부 같기도 하고 또 어느 때 보면 천상 여자 같기도 하고 팔색조가 따로 없다니까."

"김 사장님! 칭찬인 거 맞죠? 그러면 뭐해요. 밥치고 술치다 좋은 세월 다 보내고 이렇게 쭈그러들고 있는데."

"그러니까 이제 간은 그만 보고 등 내밀 때 모른 척 업혀요. 업히는 게 자존심 상하면 업어 가던가. 말 나온 김에 날 잡읍시다. 중이 제 머리 못 깎는다 안 혀요."

"내가 워낙 거시기해서 감당이 안 돼 그러는 거야."

강 씨가 농인지 진담인지 모를 말로 한마디 거든다. 여사장이 눈을 쨍긋해 보인다. 또순이란 별명이 어울리는 여자, 무엇보다 남자를 눙치고 아우르는 솜씨가 보통이 아니다. 하루 백오십 명분의 식사와 참을 해대면서도 전혀 피곤한 기색이 없다. 두 사람이 각별한 사이라는 건 눈치 채고 있었지만 사실 확인은 강 씨 입을 통해 직접 들었다. 이미 산전수전 공중전까지 치른 사이라고 했다. 건물주인 박종섭이 명순 씨에게 관심을 보이자 강이 먼저 선수를 친 것이다. 비록 산동네에서 고물이나 뒤적이고 있지만 강은 내가 봐도 여자들의 시선을 끌 만큼 어느 모로 보나 괜찮은 남자였다. 나 역시 은근히 여사장을 마음에 두고 있었지만 이미 강의 차지가 됐고 또 여자에게 눈을 돌릴 만큼 경제적인 여유가 있는 것도 아니어서 일찌감치 마음을 접었다. 그렇다고 순간순간 치밀어 오르는 감정까지야 어찌

하겠는가. 알게 모르게 소문이 났지만 그래도 남의 눈을 의식해서인지 강 씨는 늘 나를 들러리로 세웠다. 나쁘지 않았다. 강을 위하는 일이라면 술친구든 들러리든 상관없었다.

어쩌면 나는 태어날 때부터 들러리 인생이었는지도 모른다. 형에게 치이고 동생에게 받히고…… 생각해 보니 내가 중심이 되기보다는 늘 언저리 삶을 살아온 것 같다. 그런데 아주 잠깐, 내가 중심에 있던 때가 있기는 했다. 사업이 팽팽 잘 돌아갈 때 아내가 바라보는 나 김재명은 하나님과 거의 동급이었다. 아니 그 이상의 대접을 받았다. 사업도 가장으로서의 위상도 내 인생을 통틀어 그때가 만족도 최고조를 찍은 것 같다. 그런데 고공행진을 하던 사업이 부도를 맞으면서 가정의 평화도 남편의 위상도 하루아침에 바닥을 쳤다. 가정경제가 곤두박질하면서 부부 금슬에도 빨간불이 들어왔다. 생각해 보니 부부에게도 갑을 관계는 존재하는 것 같다. 아내의 목소리가 커지면 커질수록 나는 움츠러들었다. 불치병 환자처럼 단계별로 위기가 왔다. 분노에서 포기 그리고 수용을 하기까지 다시는 안 볼 사람처럼 치열하게 싸우다가 또 몇 달은 냉담을 하다가 끝내는 무관심의 끝판인 투명인간으로 살기까지 결국 두 사람에게 남은 것은 상처뿐이었다. 십팔 평 저층 아파트로 이사하던 날 아내는 골프채를 챙겨올 정도로 현실을 인정하려 들지 않았다.

모든 것이 남편인 내 탓 같아 내버려두었다. 아이에게 밥상을 책상으로 내줄 수밖에 없는 현실, 가구공장 사장이었다는 것이 그때처럼 부끄러웠던 적도 없었다.

술이 몇 잔 들어가자 기분이 좋아진 강 씨가 젓가락 장단에 맞춰 노래를 부른다. 꿈을 안고 왔단다 내가 왔단다. 슬픔도 괴로움도 모두 모두 비켜라. 강이 기분 좋을 때 부르는 십팔 번이다. 안 되는 일 없단다. 노력하면은 쨍하고 해 뜰 날 돌아온단다. 곁에 있던 명순 씨가 다음 노랫말을 잇는다. 노랫말로 보나 멜로디로 보나 흥겨운 노래가 분명한데 매번 서글프게 느껴지는 건 왜일까. 어쩌면 쨍하고 해 뜰 날을 기다리는 강 씨의 간절한 바람 아니, 나의 희망사항인지도 모르겠다.

건물주인 박종섭이 문을 열고 들어오다가 강과 눈이 마주치자 나중에 다시 들르겠다며 되돌아 나간다. 손에는 누런 서류봉투가 들려 있다. 미친놈! 강 씨가 박종섭이 사라진 쪽을 향해 주먹을 들어 보인다. 효성동 토박이로 초, 중학교 동창인 두 사람은 만나기만 하면 으르렁댄다.

"씨발 놈! 돈이 아무리 많으면 뭐해. 하고 다니는 꼬락서니 하곤."

"왜 그래요. 가게세 받으러 온 것 같은데. 두 사람은 왜 만나기만 하면 서로 못 잡아먹어 으르렁댄대요? 살풀이라도 하든지 원. 이러다 나까지 미운털 박히겠어요."

"옛날에 저 새끼 나한테 한주먹짜리였어. 학교 다닐 때 나머지 공부나 하던 새끼가 배때기에 기름이 좀 끼니까 같잖게 행세를 하려고 들잖아."

"그래도 인정할 건 인정해야죠. 그 사람이 한 달에 거둬들이는 임대료가 얼만지 알아요. 언젠가 건물임대료와 집세 받는 날짜가 적힌 수첩을 봤는데 빈 공간이 거의 없더라구요."

"일수쟁이가 따로 없네. 암튼, 허튼 수작하면 얘기해요. 놈의 아구통을 돌려놓을 테니."

"걱정 말아요. 건물 한 채를 엎어준다고 해도 눈 하나 깜짝 않을 테니."

"굼벵이도 구르는 재주가 있다고 그 새끼가 효성동 돈통이 될 줄 누가 알았겠어."

"그러니까 강 사장님도 매일 술만 마시지 말고 돈 벌 궁리 좀 하세요. 운도 따랐겠지만 박 사장이 아무 노력 없이 그 많은 재산을 모았겠어요?"

"모르면 가만이나 있어요. 그놈이 누굴 딛고 일어섰는데. 들어 알고 있겠지만 우리 땅을 거저먹다시피 했다구. 우리 아버지가 병신 짓을 해서 생긴 일이라 할 말은 없지만. 지금도 그 생각만 하면 놈의 모가지를 비틀고 싶다니까."

강 씨가 흥분하는 데는 그만한 이유가 있었다. 가정형편이 어려운 박종섭은 중학교 졸업 후 상급학교 진학을 포기하고 부친을 도와 농사를 지었다. 가난을 대물림하고 싶지 않은 그는 남의 땅을 도지로 빌려 경작하고 품을 팔면서 악착같이 돈을 모았다. 돈이 모이면 무조건 땅을 사들였다. 강 씨네 과수원도 그렇게 박종섭의 차지가 됐다. 그놈의 자존심이 문제였다. 노름으로 많은 돈을 잃은 강 씨 아버지가 빚 독촉을 받자 앞뒤 생각 없이 헐값에 땅을 내놓았는데 박종섭이 그걸 놓치지 않고 거머쥔 것이다. 대출을 받고도 모자라는 대금은 분납하는 최상의 조건이었다. 시세에 반도 못 미치는 헐값에 그 많은 땅을 사들인 박종섭은 결과적으로 로또를 맞은 셈이었다. 삼천 평이 넘는 땅이 그것도 친구 손에 넘어간 걸 까맣게 모르고 있다가 나중에서야 알게 된 강 씨는 분개했지만 이미 게임 끝 상황종료였다.

"배 밭에 아파트가 들어서면서 그놈은 하루아침에 돈방석에 앉은 거지. 우리 아버진 쪽박을 찬 거고. 과수원이 보물창고가 될 줄 누가 알았겠냐고."

"박 사장을 나쁘다고만 할 순 없죠. 친구들이 공부한다고, 돈 번답시고 모두 대도시로 빠져나갈 때 우직하게 농사를 지으며 고향 땅을 지킨 사람 아녜요. 사기를 치거나 강도질을 해서 번 것도 아닌데."

"노인네 꼬드겨 헐값에 땅을 빼앗았으면 그게 사기고 강도지. 하긴 이제 와서 누굴 탓하겠수."

"부자는 하늘이 낸다고 하잖아요. 속상한 걸루 따지면 모가지 비트는 게 대수겠어요."

명순 씨가 유리잔 가득 소주를 따라 강에게 건네며 위로 아닌 위로를 한다.

"대가리는 텅 비어가지고 돈이면 다야. 일자 무식쟁이가."

강 씨의 말이 점점 더 거칠어져 박종섭을 사정없이 깎아내리며 욕을 해댔다.

효성동은 예전부터 수원水原이 부족해서 농사를 짓기에 부적합한 토질이었다고 한다. 논이 없는 것도 그 때문이라고 했다. 말馬에 먹일 풀밭草田이 있어서 새草 벌原이라고 했던 것이 그 어휘가 변해서 '새별'이 되고 새별의 한자말이 효성曉星으로 되어 효성리曉星里라는 지명이 생겼다고 한다.

과수원 땅을 사서 벼락부자가 된 박종섭은 동네사람들과 이런저런 일로 얽히고설키며 미운털이 박혔다. 시쳇말로 왕따를 당했다. 특히 이해관계가 얽힌 강과는 우정이 회복되기는커녕 점점 더 골이 깊어만 갔다. 하지만 분명한 것은 누가 뭐래도 지금은 박종섭이 갑이라는 사실이었다.

꼭 한 번 박종섭에게 손을 내민 적이 있었다. 부도 나기 바로 직전이었다. 그때는 지푸라기가 아니라 썩은 동아줄이라도 잡고 싶을 정도로 절실했다. 하지만 그는 내민 손이 부끄러울 정도로 냉정했다. 돈을 빌려달라고 하자 보증인이나 담보가 없으면 곤란하다고 했다. 그때 받은 모멸감이란? 그 일로 한동안 불면증에 시달렸다. 이천만 원, 박종섭에겐 그야말로 껌 값 아니었을까. 그날 나는 빈손이 부끄러워 공장으로 돌아갈 수가 없었다. 종업원들의 월급날이었다. 늦은 시간까지 거리를 배회하다가 찾아간 곳이 정다운 식당이었다.

"미친놈! 담보가 있으면 너한테까지 가서 아쉬운 소릴 했겠냐?"

소주잔을 앞에 놓고 이를 갈았다. 누구에게인지 모를 원망도 함께 쏟아냈다. 바로 일 년 전의 일이다.

강 씨와 헤어져 돌아오는 길에 2번 종점에서 박종섭을 만났다. 버스에서 마악 내리는 중이었다. 손에는 여전히 서류봉투가 들려있다. 늘 보던 모습 그대로 후줄근한 점퍼에 운동화 차림이다. 요즘 부동산 경매사업에 빠졌다고 하더니 정보를 물어 나르느라 바쁜 모양이다. 대를 물려 쓰고도 남을 재산을 모아놓고도 여전히 돈벌이에 목을 매는 박종섭이 한심해 보인다. 인사를 건네자 말없이 내 얼굴을 빤히 쳐다본다. 무슨 말을 할

듯할듯하더니 그냥 씨익 웃어 보인다. 기분 나쁜 웃음이다. 그 새 버스 한 대가 또 들어오고 나간다.

2번 종점, 목적지를 향해 가다가 잠시 들른 간이역 같은 곳, 운행 중인 버스가 잠시 쉬었다가 5분 간격으로 돌아나가는 곳, 그럼에도 뭔가 정체된 느낌이 드는 곳이 2번 종점이다.

아파트 마당 한쪽에 버려진 폐가구가 눈에 들어온다. 아침에 나갈 때만 해도 없었는데 누가 이사를 하면서 버리고 간 모양이다. 직업은 속일 수가 없는지 가구만 보면 자동으로 눈이 간다. 가구공장을 접고 한동안 폐가구를 수거해 리폼해 파는 중고가구점 사업을 구상하며 들떴던 적이 있었다. 하지만 아내에게 계획을 말했다가 본전도 못 찾았다.

* 쾌적한 환경 서울까지 출퇴근 사십 분 거리, 전셋돈으로 내 집 장만할 수 있는 절호의 찬스.

정길이를 따라 분양사무실에 갔다가 입구에 붙어있던 광고 문구를 보고 웃었던 기억이 난다. 내 집 장만은 집 없는 설움을 경험한 서민들의 로망이다. 광고를 본 사람들이 내 집 마련의 꿈을 안고 꾸역꾸역 변두리 효성동으로 밀려들었다. 공기 좋고, 학교 가깝고, 물가 싸고 서민들이 살기에 그만한 동네도 없었다. 하지만 내 집 마련의 꿈은 꿈으로 끝이 났다. 출퇴근에 지친 직장인들이 하나둘 떠나기 시작했다. 이사철과 관계없이 들고나는 집이 많은 것도 그 때문이었다. 부동산마다 매매하려는 물건이 넘쳐났다. 더러 분양가에도 못 미치는 헐값에 집을 내놓는 사람들도 있었다. 대책 없이 집값이 오르기만을 기다리다가 그대로 주저앉거나 세를 주고 또 다른 세를 얻어 나가기도 했다.

현관문을 열고 들어가자 아이들이 쪼르르 달려 나와 인사를 한다. 아내는 여전히 눈길조차 주지 않는다. 점점 남편인 나를 관심 밖으로 밀어내고 있다. 하긴 관심을 두지 않으면 싸울 일도 없다. 길들여진다는 것은 그렇게 서로에게 편한 일이기도 했다. 적응을 못하는 사람은 아이들이 아니라 아내였다.

환경미화원으로 일하게 됐다고 말하면 아내는 뭐라고 할까? 아내의 반응이 궁금했지만 당분간은 비밀에 부치기로 했다. 둘째 소영이가 내 뒤를 졸졸 따라다니며 종알거린다. 아이의 재롱에 콧등이 시큰해진다. 뽀뽀 세례를 받은 선영이 손으로 코를 쥐어 보인다. 두 아이들을 생각해서라도 당분간은 술자리를 줄여야겠다.

출근한 지 며칠이 지났는데도 아내는 나의 새벽 출타에 대해 묻지 않는다. 일은 생각보다 힘들지 않았다. 형광색 띠를 두른 근무복에 모자와 마스크를 쓴 모습이 처음엔 무척 낯설었지만 그마저도 곧 익숙해졌다. 작업 시간이 이른 새벽이라 다행이었다. 아직 나를 알아본 사람은 없다. 내가 쓰레기 치우는 일을 할 것이라고는 누구도 생각 못할 것이다. 정길에게서 전화가 온 것은 퇴근시간을 한 시간 앞두고였다.

"오늘 시간 어때? 한 잔 하자구. 청소부 아저씨의 취업 소감도 들어볼 겸."

"소감은 무슨 얼어 죽을. 알았어. 이따 정다운 식당에서 봐."

퇴근 후 곧바로 식당으로 달려갔다. 정길은 보이지 않고 고물상 강 씨가 먼저와 술을 마시고 있었다. 강 씨 옆에 앉아 있던 명순 씨가 얼른 일어나 주방으로 향한다. 민망한 사람은 오히려 나였다. 강 씨가 눈을 찡긋해 보이며 맥주잔 가득 막걸리를 따라 내민다. 막걸리 한 잔을 단숨에 들이켰다. 아마도 그새 술이 고팠던 모양이다. 출근 부담이 없어서 그런지 여느 때보다 술맛이 달다.

"김 사장 요즘 무슨 일 있어?"

"일은 무슨, 그냥 그럴 일이 좀 있어."

"나한테까지 비밀로 하는 걸 보면 보통 일은 아닌 것 같고."

"비밀은 무슨, 쓸데없는 소리 하지 말고 술이나 마시자구. 벌여 놓은 사업은 잘돼 가고?"

"그렇지 뭐. 이젠 고물더미 뒤적이는 것두 지겹다. 신물이나."

"재활용센터 그 사업 말고 연애사업 말야."

연애사업이란 말에 강 씨가 허리를 꺾어가며 호탕하게 웃는다. 언제 들어도 기분 좋은 웃음이다. 첫 월급을 타면 그동안 신세진 사람들을 불러내 월미도나 연안부두에 가서 회 한 접시 시켜놓고 코가 비뚤어지도록 마셔볼 참이다. 그러고 보니 월급을 받기도 전, 돈 쓸 일이 사방 천지에 널려 있다. 제일 먼저 해결할 일은 정다운 식당에 외상값을 갚는 일이다. 강 씨에게 빌린 돈은 자꾸 우선순위에서 밀린다. 정길이가 오고 건너편 테이블에 있던 슈퍼 배 씨까지 합석을 하면서 술판은 2차 3차로 이어졌다. 어딜 가나 박종섭이 훌륭한 안줏감이 됐다.

"무식한 놈! 머리에 똥만 들어가지고 돈푼깨나 있다고 꼴에 갑질은."

"너무 그러지 마. 알고 보면 불쌍한 놈이야. 며칠 전 애 엄마한테 들은 얘긴데 몸이 많이 안 좋은가 봐. 무슨 암이라고 하던데."

슈퍼 배 씨가 한마디 거든다.

"그건 아니지. 내가 숨통을 딸 때까지 놈은 살아서 펄떡거려야 돼. 그래야 계산이 맞거든."

"부모 죽인 웬수도 아니고 철부지 어린애들처럼 왜 그래. 강 사장 자네도 너무 그러는 거 아녀. 솔직히 말해서 못 배운 게, 돈 많은 게, 죄는 아니잖아."

"당해보지 않은 사람은 몰라. 그 땅이 어떤 땅인데. 조상 대대로 물려받은 땅. 그 땅만 안 팔았어도……."

"그렇게 감정만 앞세우다 강 사장이 먼저 가는 수가 있어. 이제 와서 지난 일 들춰봤자 속만 상하지. 그렇다고 돈 없이 살 수 있나. 우리 형을 보면 답이 나오잖아."

답답했는지 정길이가 자기 형까지 들먹이며 강 씨를 이해시키려 애쓴다. 사법고시생 형의 뒷바라지하느라 대학도 포기한 정길이었다. 프레스금형제작 기술자로 일하면서 차곡차곡 밟아 올라왔다. 반면 고시공부한답시고 책상머리에 앉아 세월만 죽인 형은 사회성 제로에 방 한 칸 얻을 돈도 없는 빈털터리라고 한다. 세상 물정을 몰라도 너무 몰라 오십이 넘은 지금도 툭하면 부모 형제에게 손을 내민다고. 세상살이는 아이큐 수치대로 살아지는 게 아니었다. 입에 거품을 물며 박종섭을 물고 뜯던 강 씨가 뜬금없이 꿈 이야기를 꺼낸 건 3차 호프집에서였다.

"약수터 표지판 앞에 커다란 봉지가 하나 놓여 있더라고. 궁금해서 열어봤더니 고양이 사체가 들어있는 거야. 그런데 어느 순간 고양이는 간데없고 박종섭 그놈이 봉지 안에 웅크리고 앉아 있다가 나를 보더니 씨익 웃는 거 있지. 얼마나 놀랬는지 기분도 더럽고. 그런데 도망을 가려고 해도 한 발자국도 움직일 수가 없는 거야. 악을 쓰다가 깼는데 며칠이 지나도 그 모습이 가시질 않네. 씨발 놈! 꿈속에까지 나타날 게 뭐람."

"말 나온 김에 부를까. 술 한 잔 같이 하게."

"됐어. 술맛 떨어트릴 일 있어. 그놈 상판대기를 보면 뱃속에 들어갔던 밴댕이가 다시 기어 나오겠다."

"하긴, 오란다고 올 사람도 아니지. 씹을 만큼 씹었으니 이제 그만하고 술이나 마시자고."

"불쌍한 놈. 죽으면 울어줄 친구나 있나 몰라."

정다운 식당에서 시작한 술자리는 새벽녘 포장마차까지 이어졌다. 어떻게 집을 찾아 왔는지 기억에 없다.

케이블방송에선 뉴스가 한창이다. 중산층이 무너지고 있다는 내용에 덧붙여 실업문제의 심각성을 심도 있게 재조명하고 있었다. 바로 내 이야기를 하고 있는 것 같다. 무슨 일이 있어도 오늘은 아내에게 털어놓아야겠다. 침대에 누워 생각을 고르는데 전화벨이 울린다. 이 시간에 누구일까? 받을까 말까 몇 번을 망설이다 이불을 뒤집어썼다.

아이들 떠드는 소리에 잠이 깼다. 벽걸이 시계바늘은 여덟 시 이십 분에 맞춰져 있다. 방문을 열자 거실 탁자에 놓인 치킨 포장박스가 먼저 눈에 들어온다. 기다렸다는 듯이 막내가 포장을 풀어 제낀다. 먹고 싶은 걸 꾹 참고 기다린 모양이다. 큰애가 다리 하나를 집어 내 손에 쥐어준다. 닭튀김 냄새에 겨우 가라앉은 속이 다시 뒤집어진다.

"아빠! 우리 어디 갔다 왔는지 알아 맞춰보세요."

"이모네 아니면 친구 세미네?"

"땡! 틀렸어요. 은혜교회 가서 1부 예배 보고 강화 전등사 다녀왔어요. 그럼 무슨 기도를 했는지 알아 맞춰보세요?"

"공부 잘하게 해달라고 했겠지 뭐."

"아니거든요. 우리 아빠 다시 사장님 되게 해달라고 빌었어요."

가슴 한구석이 쿵 하고 내려앉는다. 소파에 걸터앉아 티브이를 보고 있던 아내가 슬며시 일어나 주방으로 향한다. 여전히 나와 눈을 마주치지 않는다. 식탁을 사이에 두고 아내와 마주 앉았다.

"할 말이 있어."

"돈 얘기라면 이제 더 이상 듣고 싶지 않아요. 엄마한테 손 내미는 것도 한두 번이지."

"그런 거 아냐. 나 취직했어."

취직했다는 말에 아내는 그제야 눈을 들어 나를 바라본다.

"환경미화원, 일한 지 며칠 됐어."

"겨우 한다는 일이……. 이제 하다하다 쓰레기 치우는 일까지 하려고? 고물상 강 씨랑 어울려 다니더니 직업까지 비슷하게 닮아가네. 알아서 해요. 당신이 그 일을 계속한다면 난 애들 데리고 엄마네 집으로 들어갈 거야."

"……."

예상은 했지만 아내가 이렇게까지 자존심을 건드릴 줄은 몰랐다. 화가 치밀었다. 칭찬을 기대한 건 아니지만 그래도 이건 아니었다. 이해를 시키려고 하면 할수록 아내는 더 화를 내며 어깃장을 놓았다. 하긴 남편이 쓰레기 치우는 일을 하겠다면 환영할 여자가 몇이나 될까. 그동안 믿고 기다렸는데 실망이 큰 모양이다. 아내의 목소리가 커지자 아이들이 치킨을 먹다 말고 작은방으로 들어간다.

집을 나와 무작정 발길 닿는 대로 걸었다. 정다운 식당 간판이 보인다. 산동네, 딱히 갈 데가 없기도 했다. 전화로 강 씨를 불러냈다. 새벽까지 그렇게 퍼마시고 또 술이냐며 한소리 한다. 어제 마신 술 때문에 강 씨도 속이 많이 부대끼는 모양이다. 그래도 싫다는 소리는 안 한다. 피곤해 부석부석한 강의 얼굴을 보니 조금 미안했다. 둘은 우거지국밥으로 속을 달랜 뒤

느긋하게 주거니 받거니 소주를 마시기 시작했다. 소주잔을 챙겨 든 명순 씨가 강 씨 옆에 와 앉는다. 자동이다.

"강 사장! 나 취직했어. 환경미화원."

명순 씨가 눈을 동그랗게 뜬다.

"재주도 좋으셔. 요즘은 그 일도 경쟁이 쎄다고 하던데. 그래 일은 할 만 해요?"

"취직을 했으면 제일 먼저 나한테 보고를 해야지. 술 먹을 일이 또 하나 생겼네."

"그렇게 됐어. 털어놓고 나니 속이 다 후련하다."

"김 사장님 축하주 한 잔 받으세요."

명순 씨가 축하주라며 유리 잔 가득 소주를 따라준다. 두 사람 모두 제 일처럼 기뻐한다. 마누라 보다 낫네. 목젖이 뜨거워지면서 콧등이 시큰해진다. 속마음을 들킬 것 같아 두 사람을 뒤로하고 식당을 빠져나왔다. 쨍하고 해 뜰 날 돌아온단다. 두 사람의 합창소리가 발자국을 따라 꼬리를 문다. 무심코 올려다본 하늘에 눈썹달이 걸려있다. 배가 불러오는 달인지 꺼져가는 달인지는 모르겠다. 두 눈에 힘을 주고 앞만 보고 걸었다. 그리고 보니 출근시간이 얼마 안 남았다. 나도 모르게 자꾸만 헛웃음이 나온다. 저만치 2번 종점이 보인다.

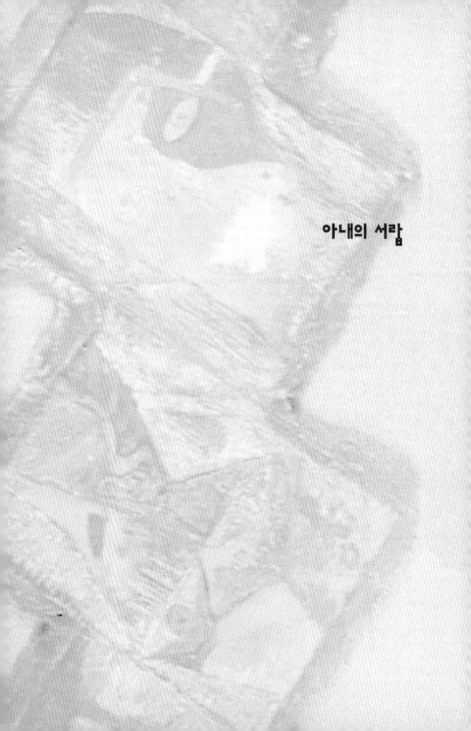

아내의 서랍

퇴근 후, 한 잔 하자는 김영진의 제의에 인섭은 선약이 있다고 둘러댔다. 불금에 눈까지 내려 모두 들떠 있는데, 상사가 불러낸다고 선뜻 따라나설 직원이 몇이나 될까. 미운 놈 미운 짓만 골라가며 한다더니 김영진이 꼭 그랬다.

입사동기 중 제일 먼저 과장자리를 꿰차고 앉은 김영진은 업무 능력도 뛰어났지만 윗선에 줄을 잘 대기로 소문난 사람이었다. 개중엔 그것도 능력이라고 추켜세우는 사람도 있었지만 동료 입장에서 보면 눈엣가시 같은 그런 존재였다. 여사원들이 뽑은 사내社內 비호감 1위에 김영진의 이름이 올라갈 정도였다. 그런 남자 만날까 봐 결혼 못하겠다는 여사원까지 있었다.

김영진은 아들 돌잔치에 꼭 참석해 달라며 사무실 직원들에게 일일이 초대장을 돌렸다. 초대장에는 환하게 웃는 아이의 사진과 초대의 말 그리고 M호텔 연회장 약도가 인쇄돼 있었다. 결혼 8년 만에 얻은 귀한 자식이라 그런지 틈만 나면 아들 자랑이었다. 인섭에게는 꼭 부부동반해서 오라고 한마디 덧붙였다. 조카 결혼식이 있어 참석이 어려울 것 같다고 하자 금세 안색이 달라졌다.

둘이 연애하는 거 아니냐는 놀림을 받을 정도로 입사초기엔 동기 중 가장 가까운 절친이었다. 연휴가 시작되는 금요일이면 회사 근처 단골술집을 순례하거나 무작정 여행을 떠나기도 했다. 그런데 시간이 지나면서 둘 사이에 보이지 않는 틈이 생기기 시작했다. 김영진의 끝을 모르는 출세욕에 멀미가 나면서였다. 김영진은 자신의 안위와 출세를 위해서라면 상대가 친구 아니라 직장선배라 해도 뒤통수를 칠 수 있는 위인이었다.

이런저런 일로 보이지 않게 상처를 입는 것은 언제나 인섭이었다. 그나저나 이 일을 어쩌지? 뒤끝하면 김영진을 떠올릴 만큼 지저분한 놈 아닌가. 부부동반해서 오라는 얘기만 안 했어도 단칼에 거절하는 일은 없었을 텐데. 이유야 어찌됐든 직속상사였다. 내키는 대로 행동했다가는 어떤 불이익을 당할지 몰랐다. 그래도 술 한 잔 하자는 김영진의 호의를 내친 것은 잘한 일인 것 같았다. 겉봉에 '민준이의 첫돌을 축하합니다.'라고 쓴 뒤 10만 원을 넣어 김영진에게 건넸다. 김영진은 고맙다는 인사도 없이 당연히 받을 것을 받는다는 표정이다. 봉투를 챙겨 주머니에 넣으며 한마디 한다.

"조카 결혼식이 있다고 했나요? 늦게라도 시간 되면 오세요. 형수님이랑 같이."

김영진은 마치 인섭의 속마음을 꿰뚫고 있는 양 묘한 표정을 지으며 말했다. 오늘따라 형수라는 호칭까지 써가며 부부동반을 강조하는 저의가 뭔지 그 속을 알다가도 모르겠다. 한 살 차이는 친구나 마찬가지라며 사석에서는 반말까지 서슴지 않던 놈이었다. 따지기 싫고 또 틀린 말도 아닌 것 같아 그냥 넘어가곤 했는데 오늘따라 하는 짓마다 밉상이다. 쥐새끼 같은 놈! 면상에 대고 욕이라도 퍼붓고 싶을 걸 간신히 참고 서둘러 사무실을 빠져나왔다.

오후 두 시부터 내리기 시작한 눈은 그칠 줄 몰랐다. 와이퍼가 쉴 새 없이 움직여도 몇 미터 앞이 안 보였다. 영동과 중부 지방에는 폭설주의보까지 내려진 상태였다. 미처 스노우타이어를 갖추지 못한 차량들로 인해 정체된 도로는 주차장을 방불케 했다. 회사에서 집까지 삼사십 분이면 도착할 수 있는 거리를 가다서기를 반복하며 두 시간 넘게 도로 위에서 보냈다. 쏟아져 내리는 눈을 보며 인섭은 잠시 아내 생각을 했다. 감정기복이 심한 아내는 날씨에 따라 그 정도가 더 심했다. 유산 후유증에 우울증이 겹친 때문이라고 했다. 자다 말고 일어나 눈 오는 거리를 밤새 쏘다니다 새벽녘에 들어온 적도 있었다.

"눈길을 무작정 걸었는데 되돌아오면서 보니 그새 내 발자국이 흔적도 없는 거 있죠. 그렇게 흔적도 없이 지울 수만 있다면 나도 지난날을 깨끗이 지우고 새로 쓰고 싶어요."

아내가 지우고 싶은 게 무언지 궁금했지만 묻지 않았다. 부부는 닮는다더니 아내 기분에 따라 인섭도 개었다 흐렸다 했다.

돌아올 때가 됐는데. 아내가 집을 나간 지 여러 날이다. 하지만 위치 추적이나 가출신고 따위는 하지 않았다. 아내를 찾아 나서지도 않았다. 처음 몇 번은 결근을 하면서까지 아내가 갈 만한 곳을 찾아 밤낮을 헤맸다. 제발 무사히만 돌아와 달라고 믿지도 않는 하나님을 부르며 두 손을 모은 적도 있었다. 그런데 이젠 아니다. 화를 내고 따지는 것도 애정이 남아 있을 때의 얘기다. 아내의 잦은 가출로 인해 부부 금슬에 빨간불이 들어온 지 오래다.

무관심이 때로는 약이 될 때도 있다. 드러내 놓고 좋아할 순 없지만 아내의 잔소리로부터 자유로울 수 있는 것도 나쁘지 않았다. 서로에게 길들여진다는 것은 그만큼 편한 일인지도 몰랐다. 결혼해 살아보니 혼자여서 편하고 좋은 게 생각보다 많았다.

아내의 가출, 올 들어 벌써 여섯 번째다. 삼 일에서 길면 일주일 늘 그랬듯 이번에도 아내는 아무 일도 없다는 듯 돌아올 것이다. 마치 여행을 다녀오는 사람처럼.

현관 번호 키를 누르는 손이 바쁘다. 하지만 예상은 보기 좋게 빗나갔다. 출근한 사이 아내가 집에 돌아와 있을지도 모른다고 생각했는데 인섭을 맞이한 것은 아내가 아닌 어둠 속 정적이었다. 인섭은 한참을 그렇게 구두도 벗지 않은 채 현관 앞에 우두커니 서 있었다. 거실 조명등에 불이 들어오고 티브이 화면이 켜지면서 집 안에 웅크리고 있던 어둠도, 정적도 한꺼번에 사라졌다. 티브이에선 여덟 시 뉴스가 한창 진행 중이다. 폭설로 인한 교통대란과 하우스 재배농가의 피해 소식이 실시간으로 전해지고 있었다. 간편복으로 갈아입은 인섭은 그동안 모아 놓은 빨랫감을 들고 아파트 단지 내 세탁소로 향했다. 이제는 속옷을 맡길 정도로 단골손님이 됐다. 세탁소 문을 밀고 들어가자 주인남자가 하던 일을 멈추고 한마디 한다.

"전화 한 통이면 될 걸, 매번 이렇게 직접 가져 오시네요. 사모님은 요즘 통 안 보이시던데?"

친절이 몸에 밴 남자가 세탁물 접수증을 내밀며 환하게 웃는다. 인섭도 따라 웃을 수밖에. 내일 저녁때 찾으러 오겠다는 말을 남기고 세탁소를 나왔다. 현관 센서등에 갈아 끼울 전구를 사려고 전파사에 갔더니 그새 문이 닫혀있다. 달랑 전구 하나 사자고 마트까지 가기 뭣해 그냥 집으로 향했다. 엘리베이터는 8층에 머물러 있었다. 11층까지 계단을 이용해 올라갔다. 숨이 차고 다리가 후들거렸지만, 그래도 엘리베이터에서 이웃 사람들을 만나 어색한 분위기에 놓이는 것보다 낫다는 생각을 했다. 특히 앞집여자를 만나기라도 하면 아내에 대해 이것저것 물어올 게 뻔했다.

냉장고 문을 열고 반찬통을 뒤적이던 인섭은 밥상 차리는 걸 포기했다. 아내가 집을 비울 때마다 불편한 게 있다면 식사 문제였다. 이럴 줄 알았으면 퇴근 후 한 잔 하자던 김영진을 못 이기는 척 따라나설 걸, 뒤늦은 후회가 밀려왔다. 그러고 보니 김영진과 술자리를 같이 한 지도 오래다. 라면을 끓이려고 정수기 물을 받던 인섭은 생각을 바꾸어 휴대전화기를 찾아 들었다. 중국집에 전화해서 짜장면과 이과두주 두 병을 주문했다. 배가 고팠지만 당장은 밥보다 술 생각이 먼저 났다.

티브이에서는 일일드라마가 방영되고 있었다. 남편이 아내 몰래 빚보증을 섰다가 물리는 바람에 살고 있는 집을 날리게 된 모양이다. 남편을 향해 악다구니를 퍼붓는 여자의 모습이 화면을 가득 채운다. 남편은 대거리도 못하고 소파에 앉아 휴대전화기만 들여다보고 있다. 모니터 안의 고개 숙인 남자나 짜장면으로 허기진 배를 채우려는 모니터 밖의 남자나 대책이 없기는 마찬가지였다. 여자가 계속 남편을 몰아세우고 있다. 저런 병신! 여자의 거친 행동에 집 나간 아내의 모습이 겹치면서 저절로 욕이 튀어나왔다. 손에 들고 있는 리모컨을 여자를 향해 내던지고 싶었다. 티브이 전원을 껐다. 다시 정적이다.

인터폰 소리에 인섭은 튕겨지듯 벌떡 일어났다. 중국집 배달원이었다. 짜장면을 안주 삼아 이과두주를 자작했다. 빈속이라 그런지 빠르게 술기운이 돌았다. 알코올이 들어가자 누구에게인지 모를 원망의 말이 쏟아져 나왔다. 생각할수록 화가 치밀었다. 아내의 가출은 엄연한 직무 유기다. 버릇처럼 돼버린 아내의 가출을 언제까지 이해하고 두고 볼 것인지? 인내심에 한계가 온 것 같다. 휴대전화기를 찾아 들었다.

한참을 기다려도 신호음만 들린다. 어디선가 귀에 익은 벨소리가 들린다. 아내의 휴대폰 컬러링과 같은 멜로디였다. 몇 번이나 연결을 시도했지만 결국 아내의 목소리는 들을 수 없었다. '고객이 전화를 받지 않아 음성 사서함으로 연결됩니다. 삐소리 후 연결된 후에는 요금이 부과됩니다. 메시지 녹음은 1번. 연락받으실 전화번호를 남기시려면 2번을 눌러 주십시오'. 온기가 느껴지지 않는 기계음에 멀미가 났다. '무슨 일로 집을 나갔는지 모르겠지만 하루빨리 돌아와. 들어와서 얼굴 보고 얘기해.' 한껏 부드러운 목소리로 녹음을 한 뒤 보내기 버튼을 눌렀다. 답장이 없다.

바닥을 보인 두 번째 술병, 이과두주병을 거꾸로 들어 남은 몇 방울까지 탈탈 털어 목구멍으로 흘려보내고 불어터진 짜장면을 억지로 욱여넣었다. 술에 취해 울어보긴 했어도 짜장면을 먹으면서 눈물을 짜긴 처음이다. 그랬다. 자꾸만 눈물이 쏟아졌다. 술이 취한 것도 같다.

이번이 마지막이라는 심정으로 다시 전화번호를 눌렀다. 귀에 익은 멜로디는 분명 집 안 어디에서 들리는 전화벨소리였다. 인섭은 무엇에 홀린 사람처럼 소리를 따라갔다. 전화벨소리는 주방 옆에 있는 작은방에서 흘러나왔다. 아내가 전화기를 두고나간 모양이다. 벨소리는 서랍장 맨 위 칸 서랍에서 흘러나왔다. 그리고 보니 아내가 집을 나간 지 닷새가 지나도록 전화통화를 한 적이 없다. 너무했다는 생각이 들었다. 맨 위 서랍은 잠겨있었다. 서랍에 무슨 비밀이라도 들어 있는 것일까? 다행히 서랍장 키는 책상 위에 놓여 있는 필통 안에 들어 있었다.

휴대폰을 열어 보니 방금 전 인섭이 보낸 음성녹음 외에도 여러 통의 전화번호가 부재중으로 넘어가 있었다. 맥이 탁 풀렸다. 전화기를 두고 나갔다면 아내와 연락할 수 있는 방법이 없지 않은가. 연결고리가 끊어진 거나 마찬가지였다. 갑자기 마음이 바빠졌다. 가출 신고를 해야 하나? 치안센터 박 경사에게 전후 사정을 얘기하고 싶었지만 그마저도 내 얼굴에 침 뱉는 것 같아 그만두었다. 조금 더 시간을 두고 기다려보기로 했다.

첫 번째 서랍에는 휴대폰과 노트북 그리고 두 번째 서랍에는 생리대가 가득 채워져 있었다. 좋은 느낌, 바디피트, 나이트, 템포, 팬티라이너 등 종류도 다양했다. 맨 아래 서랍을 열자 그곳에는 손바닥보다 작은 아기신발과 모빌, 인공젖꼭지와 딸랑이 등 아기용품들이 빼곡히 들어차 있었다. 순간 인섭은 가슴이 철렁 내려앉았다. 아직도? 끝난 줄 알았던 아내의 도벽이 현재진행이란 얘기였다. 인섭은 소품 같은 조그만 아기신발을 꺼내 손바닥 위에 올려놓고 한참을 들여다보았다. 아내는 왜 이것들을 서랍 속에 숨겨 놓고 열쇠까지 채워 놓았을까? 인섭은 노트북을 들고 거실로 나왔다.

노트북은 인섭이 사용하던 것이었다. 회사에서 개인용 노트북이 지급되는 바람에 아내에게 물려주었는데 까맣게 잊고 있었다. 노트북을 보자 아내가 블로그를 개설했다며 자랑하던 일이 떠올랐다. 그날 두 사람은 띄어쓰기 문제를 놓고 한참을 입씨름을 벌였다.

"아가 씨방이 뭐야. 아가씨 방이라고 해야 맞지. 띄어쓰기가 틀렸잖아. 누가 보면 유치원도 안 나온 사람인 줄 알겠네."

아내는 인섭의 말에 자존심이 상했는지 화를 벌컥 냈다.

"누가 그걸 몰라요. 그 정도는 나도 안다구요. 아가 씨방은 아가의 씨가 들어 있는 방이란 뜻이에요. 모르면 가만히 있던 가. 잘난 척하기는."

딱히 그 일 때문만은 아니었지만 인섭은 단 한 번도 아내의 블로그를 방문해 본 적이 없다. 성처럼 담을 쌓은 아내의 비밀 공간을 들락거리고 싶지 않았다. 블로그는 비공개로 설정돼 있 었다. 아내의 아이디와 비밀번호가 뭐였더라? 생각나는 대로 연애할 때 쓰던 아이디와 비밀번호를 넣고 확인버튼을 눌렀다. 비밀번호 오류다. 숫자를 바꿔 몇 번을 더 시도해 보았지만 계 속 로그인이 안 됐다. 하지만 쉽게 포기가 안 됐다. 비밀번호 를 풀지 못하면 아내와의 관계도 영원히 풀리지 않을 것만 같 았다. 아내의 생일, 결혼기념일, 아파트 동, 호수까지 생각나는 대로 차례로 숫자와 기호를 넣어보았다. 로그인 오류가 뜰 때 마다 더 세게 자판기를 두들겨댔다. 오기가 생겼다. 〈아가 씨 방〉 문을 열기 위해 벌써 삼십 분 넘게 비밀번호와 씨름중이 다.

중매로 만난 두 사람은 결혼 초부터 삐걱댔다. 아이 문제였다. 인섭은 아이를 원했고 아내는 아이보다 직장일 그리고 내 집 마련이 우선이었다.

"직장은 아이 키워놓고 다녀도 늦지 않아. 한 살이라도 젊어서 낳는 게 좋지 않겠어."

"우린 아직 신혼이에요. 애를 낳더라도 지금은 아니에요. 그리고 어떻게 지켜낸 자린데, 그만두기에는 너무 아까워요. 다른 집은 남자가 맞벌이를 원한다는데."

"육아휴직도 있잖아. 그걸 이용하면 되지."

"암튼 누가 뭐래도 난 아직 출산계획 같은 거 없어요. 요즘 젊은 사람들 아이 없이 부부중심으로 사는 사람들 많아요."

아내의 고집도 만만치 않았다. 서운했지만 아내의 의견을 무시할 수도 없었다. 그렇다고 아이에 대한 미련을 버릴 수는 없었다. 일부러 불량콘돔을 만들어 사용할 만큼 간절했다. 다행히도 아내는 눈치 채지 못했다. 인섭의 2세 만들기 작전은 성공이었다. 결혼 7개월 만에 아내로부터 임신 소식을 들은 인섭은 만세라도 부르고 싶었다. 오명을 뒤집어 쓴 콘돔회사에겐 조금 미안했다. 아내가 불량제품 운운할 때마다 뜨끔했다.

시간이 지나면서 아내도 임신을 순순히 받아들이는 것 같았다. 태아를 위해 영양제도 챙겨 먹고 주기적으로 병원에 가서 태아의 건강도 체크했다. 그런데 입덧이 시작되면서 리듬이 깨지기 시작했다. 아내의 건강에 적신호가 온 것도 그때부터였다. 입덧이 심해 병원에 입원해 치료를 받을 정도로 심각했다. 산전우울증에 불면증까지 겹쳐 예민해진 아내는 매사 신경질적이었다. 말은 안 했지만 자식 욕심이 아내를 힘들게 한 것 같아 인섭은 많이 미안했다.

부모 자식 간의 인연도 원한다고 해서 억지로 맺어지는 게 아니었다. 임신 중독증으로 넉 달 만에 아이를 잃었다. 아내는 뱃속의 아기를 지키지 못한 죄책감에 괴로워했다. 아이를 잃은 상실감, 유산의 후유증은 생각보다 심각했다. 아내의 건강이 눈에 띄게 나빠지기 시작했다. 직장생활을 할 수 없을 정도였다. 그때부터였던 것 같다. 아내의 도벽이 시작된 것이.

"선배님, 바쁘시겠지만 지금 바로 지구대로 와주셔야겠습니다."

배드민턴 동우회에서 알게 된 치안센터 박 경사의 호출이었다. 무슨 일이냐고 묻자 와서 보면 안다며 서둘러 전화를 끊었다. 조퇴를 하고 지구대로 향했다. 인섭은 자신의 눈을 의심했다. 박 경사 앞에 앉아 조사를 받고 있는 사람은 뜻밖에도 아내였다.

"무슨 일이야. 당신이 여긴 왜?"

아내는 고개를 푹 숙인 채 인섭을 바로 보지 못했다. 묻는 말에도 대답이 없었다.

"일이 좀 난처하게 됐어요. 합의는 없답니다. 저쪽에서 처벌을 원해요."

"합의는 뭐고 처벌은 또 무슨 얘기야. 당신 사고 쳤어?"

"절도예요. 몰래 물건을 가지고 나오다가 걸렸어요. 마트 직원 얘기로는 이번이 처음이 아니랍니다."

믿어지지 않았다. 아내가 남의 물건에 손을 대다니, 그것도 한두 번이 아니라고 했다. 아내는 순순히 모든 것을 인정했다. 어이없는 상황에 어찌 대처해야 할지 판단이 서지 않았다. 박경사가 담배에 불을 붙여 인섭에게 내밀었다. 액수는 크지 않지만 매번 봐 줄 수가 없어 처벌을 원한다고 했다. 생각할수록 기가 막혔다.

가정경제를 책임진 사람은 아내였다. 통장관리도 아내가 했다. 무엇이 부족해서 남의 물건에 손을 댔을까? 그것도 당장 필요 없는 아기 신발을……. 인섭은 아내를 데리고 아기용품을 파는 할인매장을 찾아갔다. 아내 대신 손이 발이 되도록 빌었다. 훔친 물건이 소품이라 그랬는지 아니면 인섭의 진심어린 사과가 통했는지 물건 값을 물어주는 선에서 해결됐다. 인섭은 혼이 나간 사람처럼 멍해 있는 아내를 데리고 카페 파스쿠치로 향했다. 자존심이 구겨질 대로 구겨진 아내를 어떤 식으로든 달래주고 싶었다. 아내는 아무 말 없이 순순히 따라나섰다.

"그런 일이 있으면 나한테 먼저 연락을 했어야지. 아기신발은 어디에 쓸려고? 박 경사 말로는 한두 번이 아니라고 하던데."

"미안해요. 나도 잘 모르겠어요. 그냥 이대로 죽어버리고 싶어요. 아이를 잃은 게 모두 내 탓인 것도 같고. 내 의지와 상관없이 자꾸만 남의 물건에 손을 대다 보니 겁도 나고."

"그런 말이 어딨어. 아기는 또 가지면 되잖아. 그 정도로 마음고생이 심한 줄 몰랐네. 미안해. 그동안 너무 무심했어. 암튼 건강이 우선이야. 아무 생각 말고 몸부터 추슬러."

"신경정신과에 가서 상담도 받아 봤어요. 생리전증후근이라고, 생리 때만 생기는 일종의 정신병적 질병이래요. 특별한 치료법은 없고 폐경이 되면 자연히 그 증상도 없어진대요."

"이유야 어찌됐든 남의 물건을 훔치는 건 안 돼. 절도라고. 그럴 리 없겠지만, 혹시라도 또 그런 일이 생기면 제일 먼저 나한테 연락해. 혼자 고민하지 말고 알았지?"

아내를 안심시키기 위해 말은 그렇게 했지만 걱정이 됐다. 습관처럼 돼버린 아내의 도벽이 하루아침에 고쳐질지 의문이었다. 아내 나이 이제 서른여섯, 맥 놓고 폐경 될 날만 기다리는 것도 해결 방법은 아닌 것 같았다.

유산의 후유증은 생각보다 심각했다. 아내를 위한 인섭의 노력도 결국 물거품이 됐다. 생리주기가 되자 한동안 잠잠했던 아내의 손버릇이 다시 도진 것이다. 훔친 물건도 아기용품에서 생활용품까지 점점 더 대담해졌다. 전에는 물건을 훔치다 들키면 수치심에 고개도 못 들더니 이제는 물건 값 물어주면 되는 거 아니냐며 오히려 큰소리를 쳤다. 한바탕 소동이 벌어질 때마다 인섭은 문제해결을 위해 불려 다녔다. 아내의 도벽으로 인해 인섭의 영혼마저 탈탈 털리는 기분이었다. 동반자살이란 극단적인 생각을 한 것도 여러 번이다. 결혼은 미친 짓이라고 하더니 그 말이 맞았다. 신생아용 턱받이를 훔치다 들켜 마트 직원에게 사과를 하고 돌아오던 날, 인섭은 처음으로 이혼을 생각했다.

"우리 여기서 그만 끝내자. 나도 지쳤어. 이대로 가다가는 내가 무슨 짓을 저지를지 모르겠어."

"무슨 말인지 알겠어요. 미안해요. 속는 셈치고 한 번만 더 기회를 주세요. 노력해서 안 되면 그땐 내 쪽에서 먼저 정리할게요."

아내의 눈물 앞에 인섭은 한발 물러설 수밖에 없었다.

아내가 달라졌다. 외출도 삼가고 집 안에 틀어박혀 꼼짝을 안 했다. 눈에 띄게 말수도 줄었다. 양파 한 자루 고기 한 근을 사면서도 마트에 전화해서 배달을 시킬 정도였다. 바깥출입을 안 하니 남의 물건에 손댈 일이 없어서 좋았다. 자연히 인섭이 경찰서에 불려 다닐 일도 없었다. 아내의 변화가 다행이다 싶으면서도 한편 불안했다. 폭풍전야 같았다.

예감은 빗나가지 않았다. 아내의 가출이 그것을 말해주었다. 출근도 미루고 아내를 찾아 나섰다. 심신이 너덜너덜해질 정도였다. 아내는 집을 나간 지 삼 일 만에 돌아왔다. 어디를 다녀왔는지 끝내 말하지 않았다. 그때부터 아내는 툭하면 집을 나갔다. 걱정도 되고 화도 났지만, 경찰서에 불려 다니는 것보다 백 배 낫다는 생각이 들었다. 아내의 손버릇을 고칠 수 있다면 가출, 그 정도는 얼마든지 눈감아 줄 수 있었다.

벌써 한 시간 넘게 비밀번화와 씨름 중이다. 인섭은 침대에 누워 머릿속으로 비밀번호를 조합해 나갔다. 〈아가 씨방〉의 대문만 열리면 그 속에 뭔가 답이 있을 것도 같았다. 이리저리 생각을 고르던 인섭은 자리를 박차고 일어났다. 그래 맞아! 그거였어. 내가 왜 그 생각을 못했지? 아이디와 비밀번호, 어렵게 붙잡은 기억을 놓칠까 얼른 자판기 키를 두들겼다.

mybaby-201555. 접속이 되는 순간 인섭은 자신도 모르게 자리에서 벌떡 일어났다. 비밀번호는 아이를 떠나보낸 바로 그 날짜였다. 냉수 한 컵을 들이켜고 인섭은 다시 컴퓨터 앞에 앉왔다.

블로그는 생각보다 단조롭게 꾸며져 있었다. 모두 4개의 카테고리로 나뉘어져 있었다. 첫 번째 〈아가랑 나랑〉을 클릭하자 출산준비에 관한 자료가 사진과 함께 나타났다. 게시된 글을 차례차례 클릭해 보았다. 신생아 옷과 여러 종류의 장난감 그리고 아기용품을 담은 사진들이 저장돼 있었다. 두 번째 〈다락방〉은 일기 형식의 토막글로 채워져 있었다.

* 2015년 5월 5일. 아가와 나의 인연은 겨우 네 달. 많이 미안했다. 아가에게 그리고 또 남편에게.
* 〈늘푸른 집〉 입양되어 떠나는 아기들을 볼 때면 다행이다 싶다가도 한편 가슴이 아프다. 자원봉사를 하면서 유리를 만난 것은 행운이다. 결격 사유가 없으면 입양이 가능하다고 한다. 생각만으로도 설렌다. 남편에게는 아직 비밀이다.

아내가 영아원에서 자원봉사자로 아기들을 돌보았다고? 의외였다. 더구나 나 모르게 입양 계획까지 세우고. 다음 글을 클릭했다.

* 도벽은 생리 중에 일어나는 특이 현상이라고 했다. 생각해 보니 그런 것도 같다. 마법에 걸린 며칠 동안 감정조절이 잘 안 됐다. 신

기하게도 생리가 끝나면 그 증세도 사라졌다. 남편의 체면이 말이 아니다. 나 때문에 생활리듬도 깨졌다. 이제 나의 결정만 남아있다. 방법은 하나밖에 없다.

　* 자궁적출 수술은 성공적으로 끝났다. 회복실에 누워 있는데 전화벨이 울렸다. 남편이었다. 남편 목소리를 들으면 눈물이 날 것 같아 받지 않았다. 다른 사람보다 폐경이 일찍 왔다고 생각하기로 했다. 무덤에 갈 때까지 가지고 갈 비밀이 하나 생긴 셈이다.

　* 영구불임! 의사는 더 이상 아이를 가질 수 없다고 말했다. 엄마 자리를 내놓고 선택한 아내 자리. 이제부터 무슨 일이 있어도 아내 자리를 지켜야겠다.

　* 오랜만에 마트에 들렀다. 생리대가 눈에 들어왔다. 30% 세일. 사이즈 별로 카트에 담았다. 집에 돌아와서 물건을 정리하다가 한참을 울었다. 반품하지 않았다. 서랍에 넣어두고 가끔 여자를 느끼고 싶을 때 한 번씩 들여다봐야겠다.

　* 생리대가 필요 없는 여자, 오늘따라 왠지 아랫도리가 허전했다. 자궁에 아이를 품을 수만 있다면 365일 생리혈에 젖어 있어도 견딜 수 있을 것 같다. 폐경이 왔을 때 나타나는 증상들을 검색해 보았다. 남편에게 하루빨리 유리를 소개하고 싶다.

　노트북을 닫고 인섭은 작은방으로 들어가 한참을 머물다 나왔다. 서랍 속에서 숨죽이고 있는 아기용품들, 입양할 아기의 이름이 유리라고 했던가? 아내는 입양을 준비하며 아기용품들을 사들였던 것이다. 어쩌면 훔친 것인지도? 그것도 모르고 모진 소리를 해댔으니……. 많이 미안했다. 집 나간 아내를 일주일이 넘도록 모른 척한 것도, 이혼을 들먹인 것도 모두모두 미안했다. 여자의 생명인 자궁을 들어내면서까지 남편을 선택한 아내. 아이를 가질 수 없다는 것 때문에 마음고생이 심했을 아내를 위로해 주고 싶었다. 인섭은 갑자기 마음이 바빠졌다.

경기 서울 인천지역에 있는 〈늘푸른 집〉을 검색해 전화번호와 약도를 복사했다. 아내의 가출 이유를 알아낸 것만으로도 문제의 반은 해결이 된 것 같았다. 확인을 위해 일일이 전화번호를 눌렀다.

"혹시 자원봉사자 중에 이인혜 씨가 있는지 확인 부탁드립니다."

"고등학생하고 일반 회원 두 분이 있는데 어느 분을 찾으시는지요?"

"짧은 커트머리에 코 옆에 작은 점이 하나 있어요. 나이는 삼십대 중반이구요."

"아! 그분요. 오늘 오전에 다녀가셨는데."

"이인혜 씨 오면 제게 연락 좀 해주세요. 꼭 부탁드립니다."

아이를 좋아하긴 했지만 한 번도 입양을 생각해 보지 않았다. 일이 손에 잡히지 않는다. 온통 아내 생각뿐이다. 이런 기분, 얼마 만인지 모르겠다.

견생 스케치

두주 씨의 표정이 어둡다. 오늘따라 생각이 많아 보인다. 며칠째 집 안을 싸고도는 이상기류와 무관하지 않은 것 같다. 대문을 나서면서 시작된 전화통화는 화원 '사계절'을 지날 때까지 계속됐다. 간간이 한숨소리가 섞인다. 뭔가 심각한 문제가 있는 게 틀림없다. 주인님이 저기압일 땐 사정거리에서 벗어나는 게 상책이다. 두주 씨를 앞질러나갔다. 한참을 그렇게 뛰다 걷기를 반복하다 걸음을 멈춘 곳은 삼거리에서였다. 어깨를 늘어뜨리고 느릿느릿 걸어오는 두주 씨가 보인다. 꼬리를 흔들어 신호를 보냈지만 답이 없다.

산책로는 그날그날 두주 씨의 기분에 따라 결정됐다. 내 짐작대로라면 오늘은 A코스, 묘지공원 쪽으로 방향을 잡을 것이다. 왼쪽으로 가면 왕복 두 시간 반 거리의 둘레길이 나오고 그

반대 방향으로 가면 묘지공원으로 이어지는 야트막한 오르막 길이 펼쳐진다. 예상은 적중했다. 두주 씨는 여전히 말이 없다. 앞뒤에서 경중거리며 꼬리를 흔들어도 거들떠도 안 본다. 여느 때 같으면 황구야 천천히 가, 황구야 차 조심해, 하며 물가에 내놓은 어린애처럼 내 이름을 불러제꼈을 텐데 오늘은 이름을 불러주기는커녕 눈길 한 번 주지 않는다. 마치 투명견이 된 느낌이다. 두주 씨의 오늘 컨디션은 완전 바닥인 것 같다. 두주 씨 기분에 따라 나까지 심각할 필요는 없을 것 같아 묘지공원을 향해 쏜살같이 내달렸다.

한창 일할 나이, 남들 출근하는 시간에 직장이 아닌 공동묘지를 찾는다는 건 기분 좋은 일이 아니다. 2년 넘게 계속 이어지고 있는 아침운동 겸 산책은 이제 두주 씨와 나의 하루 일과가 됐다. 아침식사 후 커피타임이 끝나면 두주 씨는 나를 앞세우고 집을 나섰다. 열에 일곱은 A코스를 선택했다.

야트막한 산등성이에 병풍처럼 둘러진 묘지공원, 볼거리라곤 드문드문 서 있는 키 작은 나무와 층을 이뤄 종횡으로 늘어선 무덤과 비석뿐이다. 운동을 하거나 복잡한 머리를 식힐 요량이면 왜 굳이 공동묘지로 갈까. 연고가 있는 것도 아니고 묘지를 둘러보는 것이 취미는 더더욱 아닐 텐데. 풍수지리나 못자리를 연구하는 지관이라면 또 몰라도. 두주 씨의 속내가 궁금했다. 솔직히 오늘처럼 날씨가 우중충하거나 강풍이 부는 날은 묘지공원 쪽은 피해줬으면 좋겠다. 바람소리가 마치 귀곡성처럼 들렸다. 으스스 나뭇가지를 흔드는 바람소리가 들릴 때면 귀가 쭈뼛 서고 꽁지가 절로 내려갔다. 어디선가 귀신이 나타나 무덤 속으로 나를 끌고 들어가 숨통을 조일 것만 같았다.

공원묘지 입구에 도착해 숨고르기를 하던 두주 씨가 여느 때와 마찬가지로 버릇처럼 손차양을 하고 산등성이를 올려다 본다. 또 한 번의 선택이 남아 있다. D-13 라인으로 방향을 잡는다. 일단 코스가 정해지고 나면 그때부터 나는 자유시간이다. 집에 돌아가기 전까지 두주 씨가 나를 찾는 일은 없었다. 가시거리에 있으면서 가끔 소리를 내어 나의 위치를 알려주면 된다. 두주 씨 앞을 치고나가 산등성이를 향해 내달렸다. D 라인은 내가 제일 좋아하는 장소이기도 하다. 지난여름, 그곳에서 친구 해피를 만났다.

"개 팔자 상팔자라더니 이놈은 죽어서도 호강을 하네."

더위 때문에 정상까지 오르는 걸 포기하고 산중턱에서 방향을 바꾼 두주 씨가 걸음을 멈춘 곳은 D-13라인 7호 묘지 앞이었다. 가족묘는 아닌 것 같은데 표지석 두 개가 나란히 놓여 있었다. 상석 위에는 사십 대 초반의 젊은 여자 사진과 귀엽게 생긴 성견 사진이 나란히 놓여 있었다. 주인이 개를 무척 사랑했

나보다 생각하며 그냥 지나치려는데 두주 씨가 나를 불러 세웠다. 사진 옆에 놓여 있는 뭔가를 집어 들더니 눈을 찡끗해 보인다. 개껌이었다. 묘지공원을 돌아다니다 보면 가끔 제사를 지내고 버린 고기나 과일 같은 음식물을 만나기도 하는데 개껌은 처음이었다.

소 무덤이 있다는 말은 들어봤어도 이렇게 표지석까지 세운 개 무덤을 보기는 처음이네. 혼잣말처럼 중얼거리던 두주 씨가 쭈그리고 앉아 표지석의 글을 읽어나갔다. '행복전도사 해피 기억할게 영원히. 2012년 4월 11일' 개의 신분으로 죽어서까지 이런 호강을 누리다니. 부럽기도 하고 한 편 무슨 특별한 사연이 있나 싶어 궁금증이 일었다. 생전에 주인을 사지에서 구했거나 가족 이상으로 많은 사랑을 주고받았나 보다. 나는 두주 씨 곁에 서서 사진 속 해피의 모습을 넋 놓고 바라보았다.

사연이야 어찌됐든 죽어서까지 융숭한 대접을 받는 놈이 부러웠다. 삼복 때면 주인에게 목숨 줄을 맡기고 숨을 죽여야 하는 견공들하고는 비교가 안 됐다. 사육장인 강아지공장에서 임신과 출산을 강요당하는 어미 개의 비참한 현실은 또 어떤가? 생각만 해도 끔찍했다. 감정에 받혀 눈물이 나오려는 것을 간신히 참고 얼른 발밑에 있는 껌을 입에 물었다. 내 처지에 맥 놓고 앉아 마냥 놈을 부러워할 수만은 없었다. 당장은 주인 두주 씨 눈에 들어 산책길에 따라 나설 수 있는 것만으로도 다행이고 감사한 일이었다. 영양탕 집에 팔려가지 않은 것만도 천운 아닌가. 묘지공원을 통틀어 하나밖에 없는 개 무덤, 해피는 이름 그대로 해피한 삶을 살다간 것 같았다.

모든 것은 마음먹기 나름이다. 기분전환도 할 겸 봉분과 봉분 사이를 헤집으며 이리저리 정신없이 뛰어다녔다. 숨이 턱에 닿도록 달리고 또 달렸다. 개똥밭에 굴러도 이승이 낫다는 말도 있지 않은가. 죽어 무덤에 갇혀 있는 해피보다 살아서 껌도 씹고 맘껏 달리기도 할 수 있는 내가 훨씬 낫다고 생각했다. 이만하면 주인 잘 만난거야. 난 행복한 놈이라고. 최면을 걸며 나 자신을 위로했다.

두주 씨는 영암댁에 이어 만나게 된 두 번째 주인이다. '두주'는 내가 지어 부르는 나만 아는 그의 별칭으로 두 번째 주인의 준말이다. 요즘 유행처럼 너도나도 낱말을 줄여서 부르거나 이니셜을 쓴다. 해서 나도 한 번 따라해 봤다. 화제가 되고 있는 미혼모들을 다룬 연극 제목이 〈미모되니깐〉이란다. 그야말로 준말의 정수를 보여주는 연극 제목이다. 미모되니깐! 따라 부를 때마다 재미있다.

박태준, 사람들은 두주 씨를 박 사장이라고 불렀다. 실제로 두주 씨는 프랜차이즈 사업을 하면서 수백억을 떡 주무르듯 했던 요식업계의 대부라고 했다. 내가 봐도 평범한 사람은 아닌 것 같았다. 굳이 내세우지 않아도 그 사람의 언행을 보면 자라온 환경이나 성품을 대충 알 수 있다. 두주 씨가 그랬다. 朴太俊, 이름을 누가 지었는지 모르겠지만 큰 사람이 되라고 이름에 클太태자를 쓴 것도 같다. 어느 모로 보나 그릇이 큰 사람인 것만은 확실했다.

그의 이름이 박태준이란 걸 처음 안 것은 우체부를 통해서였다. 우체부는 등기우편을 전할 때마다 '박태준 씨 본인 맞습니까?' 하고 물었다. '네, 맞습니다.' 더 보태지도 빼지도 않고 두주 씨의 대답은 언제나 한결 같았다. 안주인 서명자 씨와 두 딸의 이름도 그렇게 자연스럽게 알게 됐다.

네 식구 중 나를 아껴주는 사람은 이 집의 가장인 두주 씨와 웹툰 작가로 활동 중인 둘째 딸 태정 씨였다. 태정 씨는 북경대학에서 동양미술을 전공한 재원이었다. 4년 장학생에 수석졸업을 했을 정도로 촉망받는 미술학도였다. 그런데 지금은 전공하고 조금 거리가 먼 웹툰 작가로 활동 중이다. 그쪽 동네에서는 제법 잘나가는 데뷔 4년 차 신예작가라고 했다. 순위 톱 텐 안에 들었다며 자랑하는 걸 들었다. 지난여름부터 나를 소재로 한 글을 웹사이트에 연재했는데, 하루 조회 수가 팔백 명이 넘을 정도로 인기가 많았다. 작품 속 주인공은 '황구' 내 이름을 그대로 가져다 썼다. 덕분에 나는 사람들의 입에 오르내리며 분에 넘치는 사랑을 받았다. 인기를 등에 업고 태정 씨는 연재한 글을 책으로 출간하기도 했는데 별말 없는 걸 보니 아직은 만족할 만한 성과가 없는 것 같다.

태정 씨가 나를 아끼는 것 이상으로 나도 태정 씨가 좋았다. 무조건적인 사랑, 태정 씨를 바라보는 내 마음이 그랬다. 태정 씨는 대학원에서 박사코스를 밟고 있는 언니 효정 씨 하고는 외모에서 성격까지 완전 딴판이었다. 한 부모 밑에서 태어난 자매인데 달라도 너무 달랐다. 아무튼 두주 씨가 자식 농사 하나만큼은 잘 지은 것 같다. 나는 공부만 파고드는 학구파 효정 씨보다 아재 개그에 걸쭉한 농담도 거침없이 쏟아낼 줄 아는 태정 씨가 훨씬 더 마음에 들었다.

태정 씨는 나를 명견으로 키우고 싶은지 특별 훈련을 시켰다. 훈련 강도가 장난 아니었다. 힘에 부쳤지만 뭐든 시키는 대로 열심히 따라했다. 가끔 명견들의 훈련 장면을 담은 비디오를 보여주기도 했는데 그렇다고 몸에 밴 습관이 하루아침에 바뀌지는 않았다. 꾸지람도 많이 들었다. 가끔 애늙은이 같다는 놀림을 받을 때도 있었다. 그때마다 영암댁 할머니 생각이 났다.

"니 몸에 반은 진돗개 피가 들어있어야. 똥개하곤 근본이 다르당께."

　기분이 좋을 때면 할머니는 내 머리를 쓰다듬으며 그렇게 말하곤 했다. 그때는 그냥 흘려들었는데 태정 씨가 내게 공을 들이는 걸 보니 할머니가 그냥 아무 생각 없이 내뱉은 말은 아닌 것 같다.

　새 주인 두주 씨를 만나면서 이름도 새로 바뀌었다. 두주 씨는 내게 황구란 이름을 붙여주었다. 특별한 이유가 있는 건 아니고 털 색깔이 누렇다 보니 그렇게 부르는 것 같다. 할머니는 나를 독구라고 불렀다. 할머니를 생각하니 갑자기 목이 멘다. 나랑 헤어질 당시 위암 말기라고 했는데 아직 살아 계신지 모르겠다. 늘그막에 딸 덕분에 호강을 한다 싶었는데 팔자 도망은 못한다고 결국 암 덩어리에 남은 인생을 붙들린 것이다.

　주인이 잘 먹으면 기르는 개도 살이 붙는다는 말이 있다. 할머니는 당신 먹자고 밥하기 귀찮아 그랬는지 걸핏하면 나까지 밥을 굶겼다. 덕분에 배도 많이 곯았다. 개 팔자 상팔자라고 하지만 그건 주인을 잘 만났을 때의 얘기다. 팔자를 잘 타고나야 하는 건 사람이나 짐승이나 마찬가지다.

　할머니는 집을 팔면서 계약 조건에 나를 포함시켰다. 그렇잖아도 두주 씨는 넓은 집을 지킬 성견을 찾던 중이었다고 했다. 애완견보다는 덩치가 있는 내가 집 지킴이로 제격이라며 마음에 들어 했다. 나를 버리고 갈 수 없어 궁리가 많던 할머니는 두주 씨에게 연신 고맙다는 인사를 했다. 지금도 그때를 생각하면 아찔하다. 두주 씨가 나를 거두지 않았다면 지금 내 신세는 어찌 됐을까? 아마도 떠돌이 개가 되어 거리를 헤매고 있거나 영양탕 집에 끌려갔을지도 모른다.

아무튼 두주 씨와의 인연은 그렇게 시작됐다. 주인이 바뀌면서 나도 꼴을 갖추게 됐다. 그렇게 되기까지는 두주 씨와 태정 씨의 공이 컸다. 짝퉁이라고 우기는 사람도 있었지만 그래도 반 혈통의 진돗개가 아닌가. 유기견 유순이하고는 출신성분부터가 달랐다.

산책에서 돌아와 보니 유순이가 사모님으로부터 매타작을 당하고 있었다. 그새 또 무슨 저지레를 한 것이 분명했다. 푼수 같은 게 또 눈치 없이 사모님의 심기를 건드린 모양이다. 천방지축인 유순이 때문에 지은 죄 없이 식구들의 눈치를 보는 건 순돌이와 나였다. 목줄에 매달린 채 경중거리던 순돌이가 나를 보더니 큰소리로 짖어댔다. 비상사태임을 알리는 신호였다. 매타작을 당하고 있는 유순이와 불안에 떨고 있는 순돌이 그리고 사모님까지 모두 평정심을 잃고 씩씩댔다. 그때 마당 한쪽에 흙투성이가 된 채 널브러져 있는 침대커버가 눈에 들어왔다. 그제야 사태파악이 됐다. 가슴이 쿵하고 내려앉았다. 보나

마나 뻔했다. 빨랫줄에 널려있던 침대커버가 바람에 떨어지고 그것을 유순이가 놀잇감 삼아 이리저리 끌고 다니며 물어뜯은 모양이다. 유순이라면 충분히 그럴 수 있었다.

뒷마당에 있는 빨랫줄에는 하루 이틀거리로 베개커버와 침대커버가 널렸다. 아침마다 커버를 갈아야 하는 사모님의 복잡한 심정을 유순이가 알 리 없다. 나도 최근에서야 알았다. 며칠 전 뒷마당에 있는 정자에서 바비큐파티가 열렸다. 독립해 나가 살고 있는 큰딸 효정 씨를 위해 마련한 자리였다. 밤이 이슥토록 식구들의 웃음소리, 얘기소리가 끊이지 않았다. 나는 자연스럽게 식구들이 하는 얘기를 귀동냥할 수 있었다.

사업과 관련된 소송문제로 5년째 법정싸움을 벌이고 있는 두주 씨는 최종 판결을 남겨놓고 고민이 많은 것 같았다. 어느 정도 예상은 하고 있었지만 대세는 이미 피고인 상대방에게 넘어간 것 같다며 한숨을 내쉬었다. 얼마나 고민이 되면 밤마다 침대커버를 땀으로 적실까? 당사자인 두주 씨는 말할 것도 없고 사모님도 그 이상으로 마음고생이 심한 것 같았다. 지친 남편을 위해 사모님이 해줄 수 있는 것은 땀으로 젖은 침대커버를 매일 갈아주는 것뿐이었을 게다. 그 심정이 오죽할까. 흙투성이가 된 침대커버를 보며 화가 날 만도 했다.

슬리퍼짝으로 사정없이 유순이를 두들겨 패던 사모님은 그래도 분이 안 풀리는지 화단에 세워져 있던 각목을 뽑아 유순이를 향해 있는 힘껏 내던졌다. 각목은 정확하게 유순이를 맞고 튕겨져 나갔다. 목줄에 매어 있어 도망도 못 가고 고스란히 각목세례를 받은 유순이는 비명을 지르며 죽는 시늉을 했다. 눈 깜빡할 사이에 벌어진 일이었다. 눈앞이 캄캄했다. 이를 어째? 나는 아파서 자지러지는 유순이보다 뱃속에 든 새끼의 안부가 더 걱정됐다. 유순이가 새끼 밴 사실을 아무도 모른다. 얼마 전 1박 2일 가족여행을 떠났을 때 벌어진 일이다. 새끼 밴것을 알았다면 그렇게 무지막지하게 매타작을 당하는 일은 없었을지도 모른다.

유순이가 이 집에 처음 왔을 때가 생각난다. 집 지킴이가 나하나로는 안심이 안 됐는지 어느 날 두주 씨가 유기견 보호센터에서 검둥이 한 마리를 데리고 왔다. 덩치가 큰 성견이었다. 꼬리 끝이 조금 잘린 것 말고는 무척 건강해 보였다. 우렁우렁성량도 좋고 유순하게 생긴 모습이 내가 봐도 두주 씨의 마음을 살 만했다. 눈물을 매달고 있는 슬픈 눈빛이 조금 걸렸지만나도 마음에 들었다. 그러나 나의 판단이 잘못됐다는 걸 아는데 그리 오랜 시간이 필요치 않았다. 천방지축, 하는 짓을 보면그야말로 팔푼이 같았다. 럭비공처럼 어디로 튈지 몰라 늘 불안했다. 천성이 그런 것인지 아니면 주인에게 버림을 받았다는 상실감에서 오는 불안 증세인지 감당이 안 됐다. 게다가 한식구가 된 지 얼마 안 돼 암내까지 냈다. 발정 난 암캐를 보는 건처음이었다. 멀리서 찾을 것도 없다는 듯 유순이는 틈만 나면내게 들이댔다. 무시했지만 유순인 생각보다 끈질기고 집요했다. 밤낮을 가리지 않고 구애의 몸짓을 보이는데 버틸 재간이없었다. 못 이기는 척 넘어갔다는 게 솔직한 표현인지도 모른다. 석 달 후 나와 유순이를 닮은 새끼 여섯 마리를 얻었다. 내새끼라 그런지 눈도 못 뜨고 꼬물거리는 모습조차 귀여웠다. 그런데 산후 우울증인지 아니면 새끼를 지키려는 모성본능 때문인지 유순인 나를 새끼 주변에 얼씬도 못하게 했다. 서운했지만 달리 방법이 없었다. 한 달 조금 지나 새끼들은 새 주인을만나 모두 떠나고 순돌이 한 놈만 남았다.

그런데 지금 이 감정은 또 뭐지? 잘잘못을 떠나 사모님에게흠씬 두들겨 맞고 의기소침해 있는 유순이를 보자 마음이 짠했다. 천방지축이라 그렇지 심성이 나쁜 애는 아닌데……. 마음이 편치 않았다. 그렇다고 내가 도와줄 수 있는 건 아무것도 없었다.

"엄마! 그만해! 말 못하는 짐승이라고 너무해요. 엄마 잘못도 있잖아요. 이불이 날아가지 않게 집게로 고정을 했어야죠."

이층 베란다에서 마당에서 벌어지고 있는 사태를 지켜보던 태정 씨가 보다 못해 한마디 했다. 밤샘 작업으로 이 시간이면 꿈나라에 들어 있을 시간인데 뒷마당에서 벌어지고 있는 소란에 잠이 깬 모양이다.

"속 뒤집는 소리 그만해. 잘 알지도 못하면서."

"오늘따라 엄마답지 않게 왜 그렇게 날이 서 있어요? 화풀이 할 데가 따로 있지."

"저놈의 개새끼를 없애버리든지. 툭하면 말썽이나 부리고."

불똥은 엉뚱하게 태정 씨에게 튀었다. 두 사람 모두 이렇게 큰소리를 내는 건 처음 보았다. 사태는 쉽게 진정되지 않았다. 아무 말 없이 사태를 지켜보고 있던 두주 씨가 흙투성이가 된 침대커버를 들어다 마당 수돗가에 있는 커다란 고무 통에 넣고 발로 밟기 시작했다.

"그냥 둬요. 세탁기에 다시 한 번 돌려볼게요. 낡아서 버릴 때도 됐어요."

두주 씨가 하는 양을 바라보고 있던 사모님이 수도꼭지를 비틀어 잠그며 말했다. 그새 화가 조금 풀렸는지 말꼬리가 한결 부드러웠다. 매타작을 당한 유순에게 미안했는지 밥때도 아닌데 두주 씨가 사료봉지를 들고 나왔다. 조금 전까지 죽는 시늉을 하던 유순이가 언제 무슨 일이 있었냐는 듯 꼬리를 흔들며 밥그릇 앞으로 다가왔다. 한심한 년! 나도 모르게 욕이 튀어 나왔다. 철딱서니 없기는, 넌 자존심도 없니? 쪽팔리지도 않아? 넌 그게 문제야. 정나미가 떨어졌다. 밥그릇에 코를 박고 첩첩거리는 유순이를 보고 있자니 화가 치밀었다. 누구처럼 각목이라도 휘두르고 싶었다. 생각할수록 심정이 상했다.

상대할 가치가 없으면 무시해 버리면 그만이었다. 유순이에게 더 이상 신경 쓰지 않기로 했다. 갑자기 해피 생각이 났다. 많은 이야기를 담고 있는 두 눈, 그래서 슬퍼 보이기까지 하는 해피가 갑자기 보고 싶었다. 내일 만나게 되면 속마음을 털어놓아야겠다. 그러고 보니 개껌을 두고 왔다.

삼교대 시간이 되어 자유의 몸이 되면 나는 현관문 앞에 쭈그리고 앉아 티브이를 본다. 언감생심 거실 출입까지는 꿈도 꿀 수 없다. 현관문 안쪽의 작은 공간을 내준 것만도 감지덕지다. 그곳에 앉아 티브이도 보고 식구들이 나누는 이야기를 귀동냥으로 듣기도 한다. 가끔은 간식을 얻어먹는 호사를 누리기도 한다. 그러다 보니 집안 돌아가는 사정을 대충 알게 됐다. 출간한 책이 몇 부나 팔렸는지, 헐값에 내놓은 이천 땅은 임자가 나타났는지, 큰딸 효정 씨는 기숙사에서 언제 퇴소하는지, 논문은 잘돼가고 있는지.

5년 넘게 끌던 지리한 법정싸움은 패소 판결이 확정되면서 막을 내렸다. 결국 광양에 있는 공장까지 남의 손에 넘어갔다.

그 일로 집안 분위기는 살얼음판이다.

창업 멤버로 밑바닥부터 시작해 사장에 오르기까지 두주 씨가 회사에 쏟은 땀과 열정은 회장도 인정했다. 그런데 사업이 확장되면서 두 사람 사이에 의견차가 생기고 문제가 불거지면서 감정의 골이 깊어졌다. 두주 씨가 먼저 손을 털고 회사를 나왔다. 그런데 퇴직하면서 자신이 개발한 기술과 고급 인력을 빼돌린 것이 문제가 됐다. 본인이 연구개발한 기술을 가져오는 건 당연하다고 생각한 모양이었다. 두주 씨가 패소한 결정적인 이유였다. 상도덕에 어긋나는 일이었다. 그동안 몰랐던 두주 씨의 또 다른 면을 보는 것 같아 씁쓸했다. 1차에서 승소한 사건이 담당 판사가 바뀌면서 뒤집어졌고 고향 선배이자 동업자였던 회장과 엎치락뒤치락 물고 물리는 싸움이 계속됐다. 법정 싸움은 두 사람 모두에게 인간성 상실은 물론 경제적으로도 많은 손실을 가져왔다. 시간이 지나면서 돈보다는 명예, 명예보다 자존심 싸움으로 이어졌다. 피고가 원고가 되고 원고가 다시 피고가 되는 힘겨운 싸움이 계속됐다. 법은 결국 회장의 손을 들어주었다. 처음부터 계란으로 바위 치기나 마찬가지였는지도 모른다. 서로 물고 뜯고 모함하는 인간 군상들의 짓거리를 들여다보고 있자니 멀미가 났다. 시쳇말로 개판이 따로 없었다. 하긴 개만도 못한 인간들이 얼마나 많은가? 개똥을 희화

한 유머가 더 이상 우스갯소리가 아니다. 출세를 위해서라면 학연, 지연, 사돈의 팔촌에게까지 눈도장을 찍으며 꼬리를 흔들어 댄다.

유순이가 매타작을 당한 것도 집안 분위기와 무관하지 않은 것 같았다. 유순이 잘못도 있었지만 그만한 일로 각목을 휘두를 정도는 아니었다.

유순이가 제 집에서 나올 생각을 않고 끙끙 앓는다. 여느 때 같으면 목줄이 풀리는 동시에 제 세상을 만난 듯 앞뒤 마당을 헤집고 다닐 텐데 아무래도 이상했다. 어제는 두들겨 맞고도 밥그릇을 싹 비우더니 오늘은 밥그릇 근처에 얼씬도 않는다. 사료가 그대로 남아 있는 걸 보니 아침도 굶은 것 같다. 단식투쟁을 하겠다는 것인지, 아니면 정말로 몸이 아픈 것인지 알 수가 없다. 천방지축 날뛸 땐 꼴도 보기 싫더니 풀죽어 쭈그러져 있는 것을 보니 안쓰러웠다.

두주 씨가 정해놓은 순서에 따라 우리 셋은 교대로 목줄이 풀렸다. 시간은 밤 열 시에서 새벽 여섯 시까지였다. 우린 그렇게 사흘에 한 번 꼴로 자유시간이 주어졌다. 그래봤자 앞마당과 뒷마당 그리고 현관문 안쪽 작은 공간이 우리가 쓸 수 있는 동선의 전부였다. 별거 아닌 것 같았지만 우린 그 시간을 손꼽아 기다렸다. 물론 자유를 얻는 동시에 그만큼 책임감도 따랐다.

처음 얼마 동안은 시행착오를 거치기도 했지만 지금은 철저하게 그 룰을 지키고 있다. 내게는 삼교대 외에 매일 아침 산책 시간이 보너스로 주어졌다. 유순과 순돌이에게는 미안했지만 식구들의 사랑을 등에 업고 누릴 수 있는 나만의 특권이었다. 유순이가 나를 못마땅해 하면서도 함부로 덤비지 못하는 것은 힘에서도 밀렸지만 나를 향한 두주 씨의 절대적인 사랑과 신뢰 때문이기도 했다. 그렇게 해서 서열은 자동으로 정해졌다.

오늘도 여느 때와 마찬가지로 두주 씨와 나는 아침산책 길에 나섰다. 두주 씨는 여전히 생각이 많아 보였다. 요즘 들어 부쩍 말수가 줄어들었다. 묘지공원으로 올라가는 이차선 도로에서 운구차 한 대를 만났다. 이제는 그것마저 익숙한 풍경이 됐다.

그새 누가 다녀갔는지 해피 사진이 바뀌어 있었다. 방울 달린 목걸이를 하고 분홍색 체크무늬 모자를 쓰고 있는 해피의 모습이 깨물어 주고 싶을 정도로 귀엽고 사랑스러웠다. 곁에 두주 씨가 없다면 뽀뽀라도 한 번 해주고 싶었다. 오늘은 무슨 일이 있어도 내 마음을 전해야겠다. 인간세상에서는 영혼결혼식이 있다고 들었다. 해피와 나, 결혼까지는 아니더라도 좋은 친구로 지내고 싶다.

"해피야! 너도 이젠 내가 낯설지 않지. 살아 있을 때 만났다면 아마도 우린, 친구 그 이상으로 각별한 사이가 됐을지도 몰라. 하지만 지금도 늦지 않았어. 좋은 친구로 지내자. 내 마음 받아줄 거지?"

털어놓고 나니 속이 후련했다. 행복했다. 묘지 주변을 천천히 둘러보았다. 해피가 나를 지켜보고 있다고 생각하니 기분이 날아갈 것 같았다. 두주 씨는 비석에 기대앉아서 줄담배를 피우고 있다. 내 기분이 들떠서일까. 오늘은 그 모습마저도 한 폭의 그림처럼 멋져 보였다. 들고양이 한 마리가 어슬렁거리며 다가오다가 나와 눈이 마주치자 쏜살같이 내뺀다. 묘지공원을 산책하다 보면 쉽게 만날 수 있는 풍경이다. 어느 땐 고양이가 무리지어 몰려다닐 때도 있었다.

두주 씨와 내가 대문을 열고 들어서자 낯선 남자 둘이 앞마당에서 태정 씨와 얘기를 나누다 말고 알은체를 한다. 두주 씨와 악수를 나누면서도 눈은 나를 향해 있다.

"얘가 그 친구예요? 사진으로 봤던…… 인물 좋네요."

"네에, 작품 속 모델 황구 맞아요."

두 사람의 시선이 또다시 내게 꽂혔다. 영문을 몰라 멀뚱히 서 있는 나를 뚫어져라 바라본다. 남자의 눈빛이 예사롭지 않다. 뭔지 모르겠지만 얼굴에 '매우 만족' 이렇게 씌어있다. 두 사람은 안채 거실로 자리를 옮겨 한참을 머물다 돌아갔다.

궁금증은 삼교대 시간이 되면서 자동으로 풀렸다. 열린 현관문을 밀고 들어갔을 때 때마침 가족회의를 하고 있었다. 알고 보니 낮에 다녀간 사람들은 영화제작사 측에서 보낸 사람들이었다. 출간한 책을 영화로 만들어 보겠다며 원작자 태정 씨를 찾아온 것이다. 주인공 황구 역에 나를 캐스팅하기로 얘기가 된 모양이다. 분위기는 이미 계약 쪽으로 기울고 있었다. 정작 주인공인 나는 아무런 결정권이 없었다. 내가 영화에 출연을 하다니. 그것도 주인공으로. 원작료 그리고 나의 출연료가 얼마인지 모르겠지만 바닥난 가정경제를 생각하면 거절하기 힘든 제안이었을 게다. 그나저나 잘 해낼 수 있을까? 더럭 겁이 났다.

뒷마당 빨랫줄에 널린 침대커버를 보자 문득 어제의 악몽이 되살아났다. 어제부터 끼니도 거른 채 꼼짝 앉는 유순이는 내가 다가가도 초점 없는 눈만 껌뻑일 뿐 반응이 없다.

"유순아! 어디 아프니? 맞은 거 때문에 그러는 거야. 그래 봤자 너만 손해야. 뱃속의 새끼들 생각해서라도 밥은 챙겨 먹어야지. 인간을 상대로 싸워서 이길 순 없어. 살아 있는 한 그들과는 영원히 갑을 관계라고. 억울해도 어쩔 수 없어. 아무 생각 말고 건강 챙겨."

"……."

"단식투쟁을 하더라도 집안 분위기 봐가면서 해야지. 식구들이 눈 하나 깜짝할 줄 아니? 눈치 없이 아무 때나 속 뒤집지 말고 정신 차려."

"황구야! 내가 한심해 보이지?"

"그래, 정말 니 속을 알다가도 모르겠어."

"나도 모르겠어. 잘 해보려고 하면 할수록 자꾸만 꼬여. 먼저 주인이 교통사고로 죽고 거리를 떠돌다 강제로 유기견 임시보호센터로 끌려갔어. 내 인생도 여기서 끝나는구나 생각했지. 보름 동안 갇혀있으면서 난 날마다 기도했어. 다음 생엔 제발 개로 태어나지 않게 해달라고. 그곳에 들어온 유기견들은 보호기간 3주 안에 주인이 나타나지 않으면 모두 안락사를 시키거든. 운 좋아서 입양이 되면 다행이고. 아무튼 입양돼 가는 친구는 손가락을 꼽을 정도야. 안락사시키던 수의사와 간호사가 우는 걸 봤어. 구차하게 사느니 주사 한 방에 가는 것도 괜찮겠다 싶었지. 자포자기하고 날짜만 세고 있었는데, 다행인지 불행인지 보름 만에 입양하겠다는 사람이 나타난 거야. 바로 이 집 주인이야. 덕분에 안락사는 면했지. 난 지금도 유기견 보호센터만 생각만 하면 가슴이 벌렁거려. 지금 이 순간에도 죽어 나가는 친구들이 있을 거야."

"너한테 그런 트라우마가 있는 줄 몰랐어. 그동안 많이 힘들었겠다. 힘내. 곧 엄마가 될 텐데."

"고마워. 어쨌거나 난 태정 씨의 무한사랑을 받는 니가 부러워."

그렁그렁한 두 눈에선 금세라도 눈물이 툭 떨어질 것만 같았다. 그동안 유순이가 정서불안 증세를 보인 것도 어쩌면 유기견 보호센터에서 겪은 악몽 때문이었는지도 모르겠다. 내 말이 설득력이 있었는지 유순이가 절뚝거리며 밥그릇 앞으로 다가섰다. 오른쪽 다리가 많이 불편해 보였다. 불쌍한 것. 주인 잃은 아픔이 채 가시기도 전에 눈앞에서 친구들이 생으로 죽어나가는 것을 보았으니 그 충격이 오죽할까. 그동안 유순을 이해하기보다 단점을 들추며 홀대했던 것이 미안했다. 세월이 약이라고 했으니 유순의 아픈 마음도 시간이 해결해 주겠지?

이층 태정 씨 방을 올려다보니 불빛이 환하다. 밤샘 작업을 하는 모양이다. 잘해낼 수 있을까. 또다시 불안이 밀려왔다. 태정 씨는 황구를 어떤 인물로 그려냈을까.

오후에 카메라 테스트가 있었다. 감독이 요구하는 동작을 태정 씨의 부연설명에 따라 움직였다. 같은 동작을 몇 번이고 반복해야 했다. 어색하고 쑥스러웠지만 몇 번 하다 보니 자신감이 생겼다. 태정 씨의 도움이 없었다면 불가능한 일이었다.

"황구는 이제 귀하신 몸이니 각별히 신경 좀 써주세요. 건강관리 잘해주시구요. 곧 조련사 한 명을 붙일 겁니다. 자세한 건 다시 연락드릴게요."

본격적인 촬영은 사월 중순부터 시작된다고 했다. 영화 속 주인공 황구가 바로 나라고 하면 해피는 뭐라고 할까?

아침산책을 마치고 돌아와 보니 사모님과 태정 씨의 표정이 굳어있다. 유순이가 또 무슨 일을 저지른 것일까. 한걸음에 뒷마당으로 달려갔다. 유순이가 나를 보더니 앉은자리에서 꼬리를 흔들어 보였다. 그런데 자세히 보니 바닥에 피가 흥건했다. 놀란 두주 씨가 달려와 유순을 들어올렸다. 각목에 맞은 오른쪽 다리를 건드렸는지 죽는 시늉을 한다. 다리와 엉덩이가 핏물로 벌겋게 물들어 있었다. 유산을 한 모양이다. 유순의 몸 상태는 생각보다 심각했다. 피 범벅이 돼 괴로워하는 유순을 보며 태정 씨는 눈물바람이다. 사모님도 많이 놀란 것 같다. 하혈이 계속됐다. 동물병원에 전화해 수의사에게 위급한 상황을 알리고 구조대를 보내달라고 부탁했다. 두주 씨는 피로 물든 윗옷을 갈아입을 새도 없이 유순을 따라 나섰다. 왠지 느낌이 좋지 않았다.

유순이의 사인은 과다출혈이었다. 병원에 도착하기도 전에 차 안에서 숨을 거두었다고 한다. 축 늘어진 유순을 보자 화가 치밀었다. 눈물도 나오지 않았다. 식구들이 우왕좌왕 하는 사이 나는 몰래 집을 빠져나왔다. 묘지공원을 향해 무조건 뛰었다. 숨이 턱에 닿았지만 걸음을 멈출 수가 없었다. 당분간 집에는 들어가지 않을 작정이다.

묘지공원 꼭대기에 서서 발밑에 펼쳐진 시가지를 내려다보았다. 아래서 볼 땐 까마득하던 고층 아파트와 자동차공장 그리고 전동차 레일이 축소된 그림처럼 발아래 펼쳐져있었다. 그 속에 들어 있는 인간 군상들의 모습이 한눈에 그려졌다. 눈물이 나오려는 것을 꾹 참고 해피가 잠들어 있는 D-13 라인으로 갔다. 분홍색 체크무늬 모자를 쓰고 웃고 있는 해피의 모습이 오늘따라 더 예뻐 보였다. 슬픈 모습이 아니어서 다행이었다. 해피가 곁에 있다는 것만으로도 위안이 됐다.

"오늘 밤 여기서 잘 거야. 어쩌면 앞으로 계속 네 곁에 있을지도 몰라."

두 발을 가지런히 모으고 그 사이에 얼굴을 묻었다. 긴장이 풀리면서 갑자기 잠이 쏟아졌다.

조용한 골목

골목이 조용하다.

그동안 골목을 사이에 두고 벌어졌던 이웃 간의 분쟁은 결국 피를 보고서야 끝이 났다. 이틀 삼일거리로 쌈닭처럼 서로 핏대를 세우던 하나슈퍼마켓 여자와 골목 끝 파란대문 집 할아버지의 질긴 싸움은 결국 여자가 3층에서 뛰어내린 것을 끝으로 막을 내렸다. 아직 불씨가 남아 있긴 했지만 어쨌든 그날 이후 골목은 조용했다. 슈퍼마켓은 열흘 넘게 문이 닫혀 있고 이번 사건의 핵심인물인 할아버지도 잠수를 탔는지 며칠째 보이지 않았다. 그리고 또 한 사람, 크고 작은 분쟁이 일어날 때마다 훈수를 둔답시고 한마디 거들며 불난 집에 부채질을 하던 102호 할머니도 자신에게 불똥이 튈까 그런지 입을 다문 채 몸을 사렸다. 불법 쓰레기 투척, 자동차 소음, 길고양들의 울음소리, 늦은 밤 취객들의 소란, 골목은 하루도 조용한 날이 없다.

일어나자마자 창문부터 활짝 열어젖혔다. 후텁지근한 열기가 혹 하고 밀려 들어왔다. 골목 맞은편에 있는 3층 건물과 거미줄처럼 줄을 늘이고 서 있는 전봇대가 액자 속 풍경처럼 눈에 들어왔다. 언제 봐도 재미없는 풍경이다. 며칠 전의 소동을 꿀꺽 삼킨 채 시치미를 뚝 떼고 있는 골목.

그런데 휴일 아침의 평화를 깨는 이 소리는 또 뭐지? 102호 할머니의 목소리가 벽을 타고 이층 창문을 넘어왔다.

"니는 함부로 끼어들지 말그래이. 사람이 생으로 죽어 나가는 판에."

"그래도 따질 건 따져야죠. 이건 엄연히 사생활 침해라구요."

"됐다. 경찰이 왔다 갔으니 벌금을 멕이든 감방에 처넣든 알아서 하겠지."

"나 하나 편하자고 남의 사생활은 나 몰라라 하는 것도 경우가 아니죠."

할아버지와 슈퍼여자가 싸울 때마다 침을 튀기며 입에 올리던 사생활 침해라는 말이 할머니 막내아들 입에서도 튀어나왔다. 사람이 죽어나가다니 설마? 피투성이가 되어 구급차에 실려 가던 여자와 하얗게 질린 얼굴로 그 뒤를 따르던 그녀의 남편 모습이 오버랩 됐다.

층간소음이나 이웃 간의 사소한 다툼이 살인으로까지 이어지는 사건 사고 소식을 티브이 뉴스를 통해 들은 적이 있다. 하지만 그것이 바로 내 이웃의 이야기가 될 줄은 몰랐다. 열흘이 지나도록 여자가 깨어났다는 소식은 없다.

2차선 도로를 따라 상가들이 줄을 잇고 고만고만한 평수의 빌라와 단독주택들이 밀집해 있는 동네는 사는 정도도 그만그만했다. 여자는 골목 입구에 있는 상가건물 1층에서 슈퍼마켓을 운영했는데 그 건물 소유주이기도 했다. 가게는 구색도 제대로 갖추지 않은 구멍가게 수준이었지만 하루도 문을 닫은 적이 없다. 아르바이트생이 수시로 바뀌는 걸 보면 근무조건이 좋은 건 아닌 것 같았다. 말하기 좋아하는 사람들은 오죽하면 며칠을 못 버티고 그만두겠냐며 수군댔다. 나중에는 부부가 주야 교대로 동네사람과 뜨내기손님들을 상대로 물건을 팔았다.

여자를 처음 본 건 지난해 가을이었다. 라면과 생수를 사러 갔다가 거스름돈을 잘못 받아오는 바람에 두 번 걸음을 한 날이었다. 본인 실수로 손님이 불편을 겪었는데도 여자는 미안하다는 말은커녕 안녕히 가시라는 인사조차 없었다. 그날 이후 늦은 밤이나 조리를 하는 도중에 양념이 떨어졌거나 하는 특별한 경우가 아니면 하나 슈퍼마켓을 찾는 일은 없었다. 다리품을 팔더라도 사거리에 있는 대형마트를 이용했다.

"권리금은 고사하고 시설비도 안 주고 세입자를 반강제로 쫓아냈대."

"본마누라 밀어내고 들어온 두 번째 여자래. 하나 있는 아들은 자폐아고. 벌 받은 거지 뭐."

"슈퍼여자 인상을 보면 완전 말상이잖아요. 그래서 팔자가 센가?"

굳이 동네 사람들과 말을 섞지 않아도 이런저런 소문이 내 귀에까지 날아들었다. 확인되지 않은 소문이라 귓등으로 흘려들었지만, 선입견 때문인지 여자를 보는 나의 시선도 곱지만은 않았다. 세상근심 다 끌어안은 사람처럼 여자의 얼굴은 늘 그늘져 있었다. 그러고 보니 한 번도 웃는 모습을 본 적이 없다. 웃음을 잃어버렸거나 웃는 훈련이 안 된 사람처럼 표정이 없었다. 말수가 적어서인지 거만해 보이기까지 했다. 하지만 싸움이 붙었다 하면 물불 안 가리고 덤비는 통에 사람들은 여자와 말을 섞으려 하지 않았다. 여자는 서비스업의 기본인 어서 오세요, 안녕히 가세요, 따위의 인사마저 잘라먹을 때가 많았다. 인사성이 없기는 남편도 마찬가지였다. 주인이 바뀌면서 슈퍼마켓을 이용하던 동네사람들의 인심도 바뀌었고 여자의 거만한 태도가 늘 입방아에 올랐다.

골목 끝, 파란 철대문 앞엔 오늘도 고물들이 산더미처럼 쌓여 있다. 리어카엔 아직 정리하지 않은 종이박스와 알루미늄 캔, 유리병 같은 재활용품들이 가득 실려 있다. 고물 때문에 골목은 너저분했고 빈병과 깡통을 분리하면서 달그락대는 소리로 늘 시끄러웠다. 이웃 사람들의 원성이 하늘에 닿았지만 할아버지는 뉘 집 개가 짖느냐는 식으로 귓등으로 흘려들었다. 집값 떨어진다고 항의를 해봤자 소용없었다. 구청 단속반이 다녀가기를 여러 번, 하지만 할아버지는 눈 하나 깜짝 안 했다. 내 집 앞에 고물을 쌓아 놓든 개새끼를 묶어 놓든 무슨 상관이냐며 오히려 어깃장을 놓았다. 목에 핏대를 세우던 사람들도 제풀에 지쳐 입을 다물었다. 그야말로 똥이 무서워서 피하냐는 식이었다. 할아버지의 고집불통 앞에서는 그야말로 속수무책이었다.

할아버지를 함부로 건드리지 못하는 데는 또 다른 이유가 있었다. 소문대로라면 할아버지는 고물을 팔아 용돈 벌이나 하는 가난뱅이 늙은이가 아니었다. 살고 있는 단독주택 말고도 강화에 농지와 건물을 두 채나 가지고 있는 알부자라는 거였다.

"헛소문은 아닌 것 같어. 그렇지 않으면 노인을 봐주는 뒷배가 있던가."

"설마요. 수십억대 부자가 왜 변두리 낡은 주택에 살면서 궁상을 떨겠어요?"

"누가 아니래. 고물수집이 취미라면 몰라도. 암튼 연구대상이라니까."

어느 것 하나 증명되지 않은 가운데 소문만 무성했다. 이유야 어찌됐든 할아버지의 당당함과 오만에 가까운 자존심은 동네에서도 알아줬다. 싸움이 붙었다 하면 끝을 보고 마는 성깔 때문에 심기를 건드리지 않는 게 상책이었다. 눈에 거슬렸다하면 몇 날 며칠을 할아버지한테 시달렸기 때문이었다. 그런데 슈퍼여자가 겁도 없이 할아버지 코털을 건드렸다.

할아버지와 여자의 관계가 틀어지기 시작한 건 유월 초, 하나 슈퍼마켓에서 조금 떨어진 도로에 할아버지 리어카가 자리를 잡으면서였다. 재활용품이 도로를 점령하면서 할아버지와 102호 할머니, 그리고 슈퍼 여자의 삼파전이 시작됐다. 슈퍼여자는 가게 주위가 지저분하다며 툴툴거렸고 할머니는 집 앞에 쌓아놓은 재활용품 때문에 집값 떨어진다고 언성을 높였다. 신경전이 벌어지고 고성이 오갈 때마다 신고를 받은 구청 단속반이 다녀갔다. 그때마다 할아버지는 벌금 세례를 맞았다. 어쩌면 고물을 팔아서 번 돈보다 벌금이 더 컸을지도 모른다. 보다 못한 이웃들이 한마디씩 거들었지만 할아버지의 똥고집을 당할 수 없었다. 목소리 크고 질긴 사람이 이기는 게임 같았다.

그러다 기어이 일이 터지고 말았다. 골목 입구 슈퍼마켓 건물에 설치한 CCTV가 할아버지 레이더망에 잡힌 것이다. 동네 사람 아무도 몰랐던 사실이었다. 슈퍼마켓 여자와 할아버지의 입씨름이 시작됐다. 한 치의 양보 없이 두 사람 모두 자기주장만 내세웠다.

"이봐요. 애기엄마! 이건 엄연히 사생활 침해라고. 누가 누굴 감시해?"

"내 건물에 내가 필요해서 달았는데 할아버지가 웬 참견이세요."

"이런 싹수없는 여편네를 봤나. 참견할 만하니까 하지."

"건물 계단 입구에 토하고 오줌 싸는 놈들 때문에 설치한 거예요. 도대체 냄새가 나서 살 수가 있어야죠. 가게 앞에 쓰레기 버리는 인간도 많고."

듣고 보니 둘 다 틀린 말은 아니었다. CCTV 설치 문제를 놓고 동네 사람들의 의견도 이쪽저쪽으로 나뉘었다. 알게 모르게 편 가르기가 시작됐다. 시간이 지나면서 할아버지와 여자의 신경전도 만만치 않았다. 하루 이틀거리로 툭하면 고성이 오가고 입에 담지 못할 욕을 해대며 상대방의 자존심을 건드렸다.

"할아버지! 저한테 대체 왜 이러세요? 정말 돌아버리겠다구요."

"그러니까 당장 저거부터 치우라고! 같은 소리 자꾸 반복하게 만들지 말구."

"할아버지 나일 먹었으면 제발 나잇값 좀 하세요! 남의 일에 감 놔라 배 놔라 참견하며 염장 지르지 말고."

"이런 버르장머리 없는 년을 봤나. 싸가지 하고는. 너는 에미 애비도 없냐? 첩년 주제에."

"기막혀. 고물이나 뒤적이는 늙은이가 꼴에 대접은 받고 싶은가 보네. 어른대접을 받고 싶으면 처신을 똑바로 해야죠. 허구한 날 바쁜 사람 붙잡고 시비나 걸고."

"뭐를 똑바로 하라구? 입에서 내뱉으면 다 말인 줄 아나. 재수가 없으려니까 별게 다 승질을 돋구네. 이 동네 사십 년 넘게 살았어도 너 같은 인간망종 처음 본다."

"나두 할아버지처럼 고집 세고 막무가내인 사람은 처음 봤어요."

그동안 쌓인 감정이 폭발한 것일까. 두 사람 모두 이성을 잃고 막말을 해댔다. 위아래도 없이 여차하면 주먹이라도 날릴 기세였다. 분을 못 삭여 자신의 머리를 쥐어뜯던 슈퍼마켓 여자가 갑자기 할아버지에게 달려들었다. 멱살을 잡힌 할아버지가 주춤하는 사이 여자의 남편이 합세를 했다. 세 사람이 한데

엉켜 땅바닥에 나뒹굴었다. 누가 말릴 새도 없이 순식간에 벌어진 일이었다. 102호 할머니와 반장아줌마가 뛰쳐나와 세 사람을 뜯어말렸다. 할아버지에게서 떨어진 여자는 그래도 분이 안 풀리는지 계속 입에 담지 못할 욕을 퍼부었다. 남편이 비틀거리는 여자를 부축해 살림집이 있는 건물 3층으로 올라갔다. 얼결에 멱살을 잡힌 할아버지도 분이 안 풀리기는 마찬가지인 것 같았다. 여자 뒤통수에 대고 연신 삿대질을 하며 막말을 쏟아냈다.

언제 그런 일이 있었냐는 듯 골목은 다시 평정을 찾는 듯했다. 싸움구경을 하던 사람들도 하나둘 흩어지고 그렇게 끝나는가 싶었다. 그런데 갑자기 쿵! 하는 소리와 함께 남자의 비명소리가 들렸다. 슈퍼마켓 여자가 3층에서 뛰어내린 거였다.

"누가 여기 구급차 좀 불러주세요. 빨리요. 빨리!"

지나가던 사람, 창문을 통해 싸움구경을 하던 사람들의 비명이 뒤엉켰다. 순식간에 사람들이 모여들고 경찰차와 구급차가 달려왔다. 피를 흘리며 바닥에 널브러져 있던 여자가 구급차에 실리고 남편이 따라갔다. 방금 전 여자와 몸싸움을 벌였던 할아버지는 이 끔찍한 상황이 믿기지 않는지 쉽사리 자리를 뜨지 못하고 사라져 가는 구급차를 멍하니 바라보았다.

노상방뇨, 쓰레기 불법투기범을 잡겠다고 자비를 들여 설치

한 CCTV, 여자는 결국 자기가 처놓은 덫에 자기가 걸린 꼴이 됐다. 이웃집 노인을 폭행한 여자의 모습이 폐쇄회로에 그대로 담겨 있을 테니 할아버지가 폭행죄로 고소를 하면 빼도 박도 못할 터였다.

창문을 열 때마다 기분이 묘했다. 가까운 곳에 나를 지켜보는 감시의 눈이 있었다니? 할아버지가 왜 그렇게 침 튀기며 신경전을 벌였는지 그 마음을 이해할 것도 같았다. 직장인들이 하루 동안 CCTV에 노출되는 횟수가 평균 쉰아홉 번이나 된다는 보도가 있었다. 나 역시 어디를 가나 감시카메라로부터 자유로울 수가 없다. 백화점, 공동화장실, 전동차, 공원, 여자가 설치한 골목의 폐쇄회로가 아니더라도 요소요소에서 나의 행동을 지켜보는 눈은 많았다.

CCTV 사건 이후 동네사람들은 한동안 말을 아꼈다. 다행히도 여자는 중환자실에서 일반병실로 옮겨졌다고 한다. 102호 할머니가 부지런히 소문을 물어 날랐다. 할아버지가 병문안을 다녀왔다는 얘기도 있고 입원비를 보탰다는 얘기도 들렸다.

302호 반장아줌마가 이사를 가고 102호 할머니가 새로 반장일을 맡게 되면서 M빌라에도 작은 변화의 바람이 불었다. 빌라 옆 공터에 플래카드가 내걸렸다. '쓰레기 무단 투기는 당신의 양심을 버리는 행위입니다' 반장을 맡은 할머니의 첫 사업인 셈이었다. 할머니의 활약이 집값을 올리는데 일조를 할지, 반상회 때마다 들먹이던 재활용품의 운명은 또 어찌될지 궁금했다. 슈퍼 여자처럼 할아버지와 정면으로 붙는 불상사는 없어야 할 텐데, 은근히 걱정이 됐다. 밖이 시끄러워 내다보니 주차 문제로 할머니가 핏대를 올리고 있었다.

"차 대가리를 이쪽에 둬야지. 똥구멍부터 들이밀면 어떡해요?"

앞면 주차를 하라는 얘기 같았다.

"뒤로 대든 옆으로 대든 무슨 상관이에요."

"이 양반아. 똥구멍을 이쪽으로 대면 매연 때문에 지하에 사는 사람들이 창문을 열어 놓을 수가 없잖아. 찜통 더위에 문을 처닫고 살란 말이야. 운전을 하면 그 정도는 상식적으로 알아야지. 보아하니 여기 M빌라에 사는 사람도 아닌 것 같구먼. 불법주차하는 주제에 큰소리는……."

그동안 외지인들의 불법주차 문제로 골머리를 앓곤 했는데 오늘 제대로 걸린 것 같았다. 할머니가 워낙 세게 몰아붙이자 안 되겠다 싶었는지 남자가 차를 빼 사거리 쪽으로 달아났다. 102호 반장 할머니야말로 M빌라의 살아있는 감시카메라였다. 할머니는 집 안에 있으면서도 창문을 통해 밖의 상황을 한눈에 볼 수 있었다. 그래서인지 과일이나 생선을 파는 트럭이 오면 제일 먼저 달려 나오곤 했다. 어째든 할머니의 한판승이었다. 사람들은 속이 시원하다며 한마디씩 했다. 할아버지만 웬일로 아무 말이 없었다.

돈에 집을 맞추느라 변두리 빌라를 산 게 실수라면 실수였다. 주변 환경을 무시할 수 없었다. 가장 큰 문제는 소음이었다. 주변 환경도 그렇고 눈 뜨면 마주치는 이웃과도 정 붙이기가 쉽지 않았다. 가격절충이란 단서를 붙여 시세보다 싸게 급매로 집을 내놓았다. 손해를 보고라도 팔아 치우고 빨리 이 동네를 뜨고 싶었다. 그런데 부동산에서는 한 달이 넘도록 연락이 없다. 비수기라서 그러니 조금만 더 기다려보라는 말만 되풀이했다.

책장을 정리하던 날 할아버지를 찾아갔다. 많은 양의 책을 박스에 옮겨 담고 이층에서 일층까지 끌어내리는 작업이 만만치 않았기 때문이다. 할아버지는 그냥 지나치기 뭣하다며 답례로 감자 한 박스를 들고 왔다. 직접 심어 가꾼 거라 했다. 배보다 배꼽이 더 큰 것 같아 사양했지만, 할아버지의 고집을 꺾을 수 없었다.

"꼴은 우스워도 농약 한 번 안친 무공해라우."

"애써 농사지으신 건데 팔아서 용돈 만들어 쓰세요."

"팔긴, 농사꾼도 아니고 그냥 재미 삼아 이것저것 심어 가꾼 것이니 걱정하지 말아요. 두 늙은이가 먹으면 얼마나 먹겠어. 아침에 농장 가서 캐온 거야. 필요한 거 있으면 언제든 얘기해요. 어려워 말고."

"저 주려고 일부러 아침 일찍 농장엘 다녀오셨어요?"

"그럼 내가 거짓말할까."

할아버지의 갑작스런 친절이 부담스러웠다. 슈퍼여자에게 그랬던 것처럼 수틀리면 언제 시비를 걸어올지 모르는 일이었다. 무엇보다 동네사람들의 입방아에 오르내리고 싶지 않았다.

아무래도 할아버지에게 제대로 코가 꿴 것 같다. 냉장고엔 풋고추, 호박, 상추, 열무, 참외, 방울토마토 등 할아버지가 가져다준 푸성귀들이 넘쳐났다. 이삼 일마다 배달되는 푸성귀들을 처리하는 일도 만만치 않았다. 결혼한 친구들을 불러 해결하기도 했지만 손도 안 대고 봉지째 버려지는 것도 있었다. 할아버지에게 미안했다. 많이.

문득 11월호 '이달의 화제 인물'에 할아버지 이야기를 다뤄보면 어떨까 하는 생각이 들었다. 자산가로 소문난 할아버지가 왜 동네 사람들의 눈총을 받으면서도 고물 줍는 일을 멈추지 않는지, 심도 있게 조명해 보고 싶었다. 할아버지가 쉽게 취재에 응해줄지 의문이었지만 한 번 부딪쳐 보기로 했다.

외출을 하려고 나서다 우편함에 꽂혀 있는 엽서 한 장과 지인이 보낸 소설집을 보았다. 엽서는 챙겨 가방에 넣고 소설집은 짐이 될 것 같아 도로 우편함에 꽂아두었다. 도로에 쭈그리고 앉아 빈병을 정리하던 할아버지가 먼저 알은체를 한다. 슈퍼마켓 여자의 일로 마음고생이 심했는지 며칠 사이 갑자기 더 늙어보인다.

"어디 가시게?

"잡지사에 볼일이 있어서요. 그런데 땡볕에 힘들지 않으세요?"

"힘들긴, 맨날 하는 일인 걸. 오후에 비가 온다고 하던데 우산은 챙겨가고?"

마치 막내딸을 챙기는 자상한 아버지의 모습이다. 얼마 전까지만 해도 인사는커녕 눈길조차 주지 않고 지나치곤 했었는데……

일을 마치고 돌아와 보니 우편함에 꽂혀 있어야할 소설책이 보이지 않았다. 무겁더라도 챙겨갈 걸 그랬나. 뒤늦은 후회가 밀려왔다. 그런데 누구지? 남의 물건에 손을 대다니.

203호 우편함에 있던 책 가져가신 분 제자리에 가져다 놓으세요.

매직펜으로 커다랗게 쓴 메모지를 우편함에 붙여놓았다. 얼마 후 내려가 보니 책이 우편함에 꽂혀있었다. 겉봉을 개봉했다 다시 붙인 흔적이 있었다. 모질지 못한 책 도둑에 피식 웃음이 나왔다.

카메라와 녹음기를 챙겨 들었다. 반승낙을 하긴 했지만 워낙 자기주장이 강한 할아버지라서 이야기를 제대로 끄집어낼 수 있을지 걱정이 됐다. 대문은 열려 있었다.

"그 양반 지금 농장에 가고 없는데. 무슨 볼일이라도 있수?"

"그렇긴 한데 먼저 할머니 말씀을 듣고 싶어요. 따로 여쭤볼 것도 있구요."

할아버지의 이야기를 할머니를 통해 듣는 것도 좋을 것 같았다.

"식사 전이면 같이 한술 뜨실라우."

할머니는 나를 식탁으로 안내했다. 식전이었지만 밥을 먹을 분위기는 아닌 것 같아 사양했다. 다행히도 할머니는 많은 이야기를 쏟아냈다.

"워낙 고집불통이라 내 말을 들어 먹어야지."

"약주를 무척 좋아하시는 것 같던데 어디 아프신 데는 없으세요."

"하루도 그냥 넘어가는 날이 없을 정도로 술을 좋아하다 보니 탈이 안 나면 그게 더 이상한 거지. 지금은 저렇게 망가졌지만 젊었을 땐 학교하고 집밖에 모르는 성실한 사람이었어. 교육자였거든. 중학교에서 영어를 가르쳤는데 아들을 잃고부터 사람이 백팔십도로 변하더라구. 술도 그때부터 먹기 시작했구."

"상심이 크셨겠어요. 재활용품 수거는 언제부터 하셨어요? 부자라고 소문났던데요."

"남한테 손 벌릴 정도는 아녀. 근데 고물이나 주우러 다니는 늙은이를 누가 돈 많은 사람으로 보겠수. 재산이 많으면 뭐해. 물려줄 자식도 없는데. 이 집만 빼고 전 재산을 모교에 기증했다우."

"할아버지 연세도 있고 동네사람들 원성도 만만치 않은데 왜 그 일을 놓지 않으시는지 궁금해요."

"젊어서부터 검소한 게 몸에 밴 사람이에요. 그 몸을 해가지고 리어카나 끌고 다니고……. 병원에 가보래두 당췌 내 말을 들어야지. 남부끄러워 고개를 들고 다닐 수가 없다니까."

"어디 편찮으세요?"

"간이 안 좋대요. 젊어서부터 그렇게 술을 마셔댔으니 탈이 날 만도 하지. 수술은 죽어도 안 하겠다고 고집을 부리니 죽을 날 받아 놓은거나 마찬가지야. 이젠 나도 지쳤다우. 고물을 주워 팔든 술 먹고 쌈질을 하던 상관 안 하기로 했어. 하고 싶은 거 맘대로 하라고 내버려 두는 수밖에."

"아드님은 어쩌다 잃으셨어요?"

"지금은 찻길이 됐지만 슈퍼 앞 도로가 예전엔 하천이었거든. 장마로 불어난 물 구경하러 갔다가 발을 헛딛는 바람에 물살에 휩쓸린 거지. 시체도 못 찾았어. 자식을 잃으면 가슴에 묻는다고 하잖우. 지금도 그 생각만 하면 가슴에 돌덩이를 얹어 놓은 것처럼 숨이 막혀. 그렇게 허망하게 아들을 잃고 바로 단산을 했지. 죽은 아이한테 미안했거든. 지켜주지 못해서."

할머니의 아픈 기억을 끄집어낸 것 같아 송구스러웠다. 대문을 나서다 농장에서 돌아오는 할아버지를 만났다. 그렇지 않아도 우리 집에 갔다가 허탕치고 돌아오는 길이라며 할아버지는 손에 들고 있던 검은 비닐봉지를 내 손에 쥐어주었다. 제법 묵직했다.

"할아버지 건강 챙기세요. 고물 줍는 일은 이제 그만 접으시고 할머니랑 여행도 다니시고 그러세요. 왜 사서 고생을 하세요?"

"고생은 무슨. 나 좋아서 하는 일인 걸. 놀면 뭐 해. 그리고 나 아직 괜찮아요."

"할머니가 걱정하시던데 병원에 가보세요."

"할망구가 별 얘길 다 한 모양이군. 걱정해 줘서 고마워요."

집에 돌아와 녹음내용을 정리하다 삭제 버튼을 눌렀다. 이웃사촌의 아픈 가정사를 들춰내고 싶지 않았다. 편집장에게 사정 얘기를 하고 대체를 부탁했다.

두 번째 우편 배달사고가 났다. 같은 일이 반복되자 불쾌했다.

"할아버지 누가 우편함에서 책을 꺼내 가요. 벌써 두 번째예요."

"어떤 놈이 남의 물건에 손을 대. 누 그런 놈은 잡아서 망신을 줘야해."

"그렇다고 여기 계속 지키고 있을 순 없잖아요."

"반장한테 얘기해서 감시카메라를 하나 달아야겠네."

할아버지한테서 감시카메라 이야기가 나올 줄 몰랐다. 자꾸만 웃음이 나왔다. 대답을 못하고 웃기만 하자 할아버지는 그제야 눈치를 챘는지 내 손에 봉지를 쥐어주고 얼른 자리를 떴다. 심증이 가는 사람이 있기는 했다. 302호 남자였다. 남자가 이사 오고 나서부터 생긴 일이었다.

내 짐작이 맞았다. 계단을 올라오는 302호 남자의 손에 월간지가 들려있었는데 내가 구독하는 잡지였다. 아주 잠깐 남자의 눈빛이 흔들린 것도 같았다. 범인을 잡기만 하면 동네 사람들이 보는 앞에서 망신을 주겠다며 별렀는데 오히려 내가 도둑 질을 한 것처럼 가슴이 벌렁거렸다. 생각 같아서는 쫓아 올라 가 따지고 싶었지만 아무 말도 할 수가 없었다. 아래윗집에 살 면서 얼굴 붉히고 싶지 않았다.

"책 도둑은 도둑이 아니라는 말도 있잖니. 책장에 있는 그 많은 책들 다 뭐해. 이참에 책 몇 권 302호 우편함에 넣어줘."

302호 남자의 얘기를 전해들은 친구가 배를 잡고 웃었다. 하긴 한 번 보고 버려지는 책들도 많았다. 어차피 폐품으로 버 려질 책이라면 친구 말대로 필요한 사람에게 나눠주는 것도 좋 은 방법인 것 같았다.

술집을 나오면서 빈 소주병을 챙겨 가방에 넣자 친구가 눈 을 동그랗게 떴다.

"너 미쳤어? 그래서 이웃사촌을 잘 만나야 하는 거야."

나는 별일 아니라는 듯 눈을 찡긋해 보였다.

다음 날, 굳게 닫힌 슈퍼마켓 철문 위에 광고가 붙어있었다. '가게 세놓음'

골목은 조용하고 할아버지는 오늘도 여전히 슈퍼 옆에서 고 물을 정리하고 있다.

엄마의 남자

문자메시지 수신음이 울린다. 출발 준비를 하라는 신호다. 자동차 키와 가방을 챙겨들고 서둘러 지하주차장으로 내려간다. 아파트 정문을 지나 세븐일레븐 편의점 앞에서 잠시 정차, 백미러를 통해 후방을 주시하며 그의 차가 나타나기만을 기다린다. 화장품 케이스에서 아이펜슬과 립글로스를 꺼내 초스피드로 화장을 마무리한다. 갈색계열의 아이섀도우를 적당히 펴바른 투톤 컬러의 옅은 눈화장이 마음에 든다. 화장이 들뜨지 않고 잘 먹은 날은 뭔가 일이 잘 풀릴 것 같은 예감에 기분이 좋다.

가끔은 이렇게 이유 같지 않은 이유를 들어 엔도르핀 수치를 올리며 내 자신에게 최면을 건다. 은색 별 모양의 징이 박힌 캡을 눌러쓰는 것으로 오늘의 콘셉트는 마무리다. 또 한 통의 문자메시지가 배달된다. 군이 확인하지 않아도 내용을 알 수 있다. 그가 지금 마악 현관문을 나섰다는 신호다. 잠시 후, 눈에 익은 까만 승용차 한 대가 아파트를 빠져나오더니 이내 속도를 내기 시작한다. 적당한 거리를 유지하면서 그 뒤를 따라간다. 방심은 금물이다. 운전 중에도 간간이 앞차의 번호판을 확인한다. 차선 변경이 잦은 그의 운전습관 때문에 나도 덩달아 곡예운전을 하게 된다. 며칠 전 8차선 도로에서 그의 차를 놓치는 바람에 거리의 미아가 되어 헤맸던 일을 생각하면 지금도 손에 땀이 난다. 사람도, 길도 아직은 낯선 것 투성이다.

시내를 벗어난 차는 이내 고속도로로 진입한다. 그 뒤를 바짝 따라붙는다. 복잡한 도심이 아니어서 다행이다. 특별한 경우가 아니면 고속도로에서 그를 놓치고 헤매는 일은 없을 것이다. 내 예상이 빗나가지 않는다면 오늘은 아마도 장거리 주행이 될 것 같다. 은근히 기대된다. 한 달 가까이 그의 뒤꽁무니를 따라다니다 보니 이제는 나름대로 노하우가 생겼다. 다행인 것은 그가 나의 계속된 미행에도 전혀 눈치를 채지 못할 뿐 아니라 그 누구에게도 관심을 두지 않는다는 사실이었다. 알면서도 모르는 척하는 것인지 아니면 나처럼 은근히 이 상황을 즐기는 것인지 그건 잘 모르겠다. 그러고 보니 오늘은 약속이라도 한 듯 두 사람 모두 가벼운 캐주얼 차림이다. 청바지에 캡을 눌러 쓴 것도 그렇고 짙은 선글라스에 운동화까지, 굳이 이름을 붙이자면 '따로 커플'인 셈이다. 적당한 긴장, 새로운 환경으로의 접근이 나쁘지 않다. 시간이 지나면서 점점 이 일에 빠져드는 나를 본다.

염색이나 가발로 헤어스타일을 바꿔 변화를 준다. 일주일에 한두 번 미용실을 찾는 것도 그 때문이다. 미행 중에도 새로운 장소에 놓일 때마다 모자와 선글라스를 수시로 바꿔 쓴다. 어느 땐 스릴러영화 속 주인공이 된 것 같은 착각에 빠지기도 한다. 파파라치가 따로 없다.

아이러니컬하게도 내게 이 일을 부탁한 사람은 엄마였다. 생물학적 친모지만 휴대폰엔 '여자사람 맘'으로 저장돼 있다. 여섯 살 이후 한 번도 소리 내어 불러본 적이 없는 엄마! 떨어져 있을 땐 그렇게도 불러보고 싶었던 엄마라는 두 음절이 아직은 낯설기만 하다. 절대 부르면 안 되는 금기어처럼 말이 되어 나오지 않는다. 가끔 혼잣말처럼 중얼거려 보지만 입에 붙지 않아 그런지 영 어색하다. 내가 결혼해 딸을 낳는다면 절대 무늬만 엄마인 그런 관계는 만들지 않을 것이다. 그런데 그런 날이 오기는 할까? 아직 한 번도 결혼에 대해 생각해 본 적이 없다.

취업하기 전까지라는 단서가 붙기는 했다. 이십여 년의 외국생활을 접고 귀국한 나에게 주어진 아르바이트, 첫 번째 밥벌이가 되는 셈이었다. 엄마의 남편 그러니까 내게 새아버지가 되는 사람의 뒤를 밟으며 그가 위험한 상황에 놓이지 않는지, 충동적인 행동을 하지는 않는지 지켜보라는 임무가 주어졌다. 어디를 가는지 누굴 만나는지 기분이 고기압인지 저기압인지…….

남의 뒤를, 그것도 엄마의 남자 뒤를 캐고 다닌다는 게 내키지 않았다. 주어진 역할로 보면 문제 해결을 위해 발로 뛰는 흥신소 직원이나 범인을 잡기 위해 잠복근무 중인 형사와 다를 게 없었다. 하지만 왜 그렇게까지 해야 하는지는 묻지 않았다. 시기, 질투, 집착으로 이성이 마비된 전형적인 의부증 환자의 모습을 보는 것 같아 마음이 편치 않았다. 엄마의 뜻밖의 제의에 혼란스러웠다. 오는 게 아니었어. 영국으로 다시 돌아가겠다고 말할까. 머릿속이 수세미처럼 엉켰다. 나의 속마음을 읽은 엄마가 마지막 카드를 꺼내 들었다.

"활동비로 월 삼백. 그리고 기동성 있게 움직여야 하니까 자동차 한 대 뽑아줄게. 기름값과 휴대폰 사용료는 별도. 어때?"

유혹을 물리치기엔 너무 괜찮은 조건이었다. 일을 맡기기에 내가 적임자라고 여긴 엄마는 물러서지 않았다. 갈등도 잠시, 내 손엔 보너스라며 반강제로 쥐어준 돈 봉투가 들려있었다.

조금 웃어 보였던가. 자동차는 대학 졸업선물이고 활동비 삼백만 원에는 생활비가 포함돼 있다는 것을 모르지 않았다. 엄마 입장에서 보면 밑질 게 없는 거래였다. 그동안 그보다 더 많은 돈이 유학자금 명목으로 이모에게 보내졌을 테니 엄마는 그것까지 계산하고 나를 사용하려는 거였다.

"뒷조사해야 할 만큼 두 사람 사이에 무슨 문제가 있어요? 혹시 여자 문제?"

"그런 거 아냐. 갑자기 저렇게 밖으로만 도니 도대체 그 속을 알 수가 있어야지. 사지 멀쩡한 사람을 묶어 놓을 수도 없고."

"그렇다고 사람을 붙여 남편을 미행해요?"

말은 그렇게 했지만 연락 두절로 가출신고까지 하는 소동을 겪은 엄마 입장에서 보면 미행이 아니라 그보다 더한 일도 저지를 수 있겠다는 생각이 들었다.

"말없이 나가 보름 넘게 연락이 없을 땐 정말 뭔 일 생긴 줄 알았다니까. 병원장례식장을 돌며 사망자 명단을 뒤지고 다니는 심정이 어떤 것인지 아마 너는 모를 거야. 나중에 알고 보니 해외여행 중이더라고. 어딜 가면 간다고 행선지만이라도 알려 줘야 하는 거 아니냐?"

"혹시 치매나 우울증 아니에요? 요즘은 삼사십 대 조기 치매

환자도 많다던데. 병원에는 가 봤어요?"

"실어증 환자처럼 입을 꾹 다물고 있으니 어디가 고장이 났는지 알 수가 있어야지. 안 그래도 신경외과에 가보자고 했다가 이혼당하는 줄 알았다. 자기를 미친놈 취급하냐고 펄펄 뛰더라고. 암튼, 너는 그냥 따라다니면서 지켜만 봐. 일일이 보고 안 해도 되니까."

엄마랑 처음으로 많은 이야기를 나누었다. 한 남자를 두고 모녀가 한편이 된 것 같은 묘한 감정에 나도 모르게 피식 웃음이 나왔다. 엄마 얘기를 듣다 보니 갑자기 그 사람이 궁금해지기 시작했다. 그러고 보니 그 사람에 대해 아는 게 아무 것도 없었다. 하긴 아는 게 없기는 엄마도 마찬가지였다. 어쨌든 주어진 미션을 제대로 수행하기 위해서라도 나는 그에 대해 기본적인 정보만이라도 알아야했다.

제갈형석. 49세. 경기도 포천 출생. 2녀 1남 중 막내. Y대 우주항공학과 졸업. 부동산 재벌. 골동품 및 생활용품 수집이 유일한 취미.

부모로부터 물려받은 재산이 대를 이어 쓰고도 남을 만큼 소문난 부자라는 것은 이모를 통해서 몇 번 들은 적이 있다. 엄마의 남자가 일자 무식쟁이가 아니라서, 가난뱅이가 아니라서 다행이었다. 다섯 살 연하남이라는 것에도 후한 점수를 주었다. 작은 키에 내세울 것 없는 외모는 크게 문제되지 않았다. 휴대폰을 열어 새 연락처에 '제갈'이라 쓰고 그의 전화번호를 입력했다. 앞으로는 그를 제갈이라 부르기로 했다. 그를 지칭할 때 새아빠라거나 아저씨라는 말은 한 번도 한 적이 없다. '그 사람'이라거나 '그 남자'라고 불렀는데 엄마는 크게 나무라지 않았다. 하긴 아직도 난 엄마 소리조차 입에 붙지 않아 어색할 때가 많다. 제갈, 단어를 외우듯 휴대폰에 입력된 그의 성을 소리 내어 읽어보았다.

엄마의 재혼과 동시에 나는 엄마 곁에 있으면 안 되는 존재였다. 영국행도 그 때문이었다. 한국말조차 여물지 않은 여섯 살, 어릴 적 나의 기억은 늘 비행기 소리가 요란하던 김포공항 출입국장에 머물러 있다.

"밥 잘 먹고 이모 말 잘 들어. 엄마 보고 싶다고 울면 안 돼. 알았지?"

한국을 떠나기 전 엄마에게 들은 마지막 세 마디, 많은 시간이 흐른 뒤에야 그 말이 무엇을 의미하는지 알았다. 용케도 난 그날 울지 않았다. 엄마의 부탁 때문만은 아니었다. 초록 바탕에 하얀색 물방울무늬가 그려진 원피스, 구두코에 달린 장식용

빨간 리본에 온통 마음을 빼앗긴 때문이다. 내게 이별 의식 같은 건 중요하지 않았다. 엄마가 왜 돌아서서 눈물을 훔치는지 이모는 왜 또 심각한 얼굴로 나를 바라보는지, 어른들의 세계를 이해하기에 나는 너무 어렸다.

눈물 한 방울 보이지 않던 여섯 살배기 계집아이는 성인이 된 지금도 어지간해서는 눈물을 보이지 않는다. 가슴이 마른 풀잎처럼 버석거리며 눈물샘을 자극할 때면 난 구두코에 매달려 있던 빨간 리본을 떠올리며 애써 웃어 보였다.

엄마는 끝까지 나의 존재를 비밀에 부치고 싶은 눈치다. 하지만 크게 서운하거나 불편하진 않다. 지금껏 숨겨진 딸로 살아왔는데 이제 와서 굳이 나설 이유도 없었다. 제갈, 그 사람에게 나는 처음부터 존재하지 않았다. 이유야 어찌됐든 그동안 나의 신분을 드러내지 않은 것이 결과적으로 다행이란 생각이 들었다. 미행 때문만은 아니었다.

귀국한 지 벌써 두 달이 가까워지고 있다. 아직은 모든 게 낯설다. 내 엄마도, 엄마의 남자도, 거리도, 문화도, 음식도 모든 것이 이십여 년을 머문 영국보다 더 낯설어 불편했다. 그나마 다행인 것은 영어만큼이나 자유자재로 사용할 수 있는 모국어였다. 이모와 함께 산 덕분이다. 다행히도 시차는 금세 해결됐다. 새로운 환경에 몸이 먼저 적응하는 것 같았다. 이모는 내가 못 미더운지 수시로 전화를 해댔다. 엄마보다 더 엄마 같은 사람. 오늘은 무슨 일이 있어도 전화해서 이모 목소리를 들어봐야겠다. 신경성 위염으로 고생했는데 더 악화된 것은 아닌지, 나만큼이나 이모도 내가 보고 싶은지 꼭 확인해 봐야겠다.

오창휴게소, 매번 느끼는 것이지만 제갈은 휴게소를 그냥 지나치는 법이 없다. 제갈을 따라 나도 휴게소 주차장에 차를 댔다. 화장실에서 볼일을 보고 나온 제갈이 아이스커피와 구운 통감자를 산다. 나도 통감자와 아이스커피를 주문했다. 뒤꽁무니를 따라다니는 것으로도 모자라 이제는 메뉴 선택까지도 그를 따라 한다. 무엇을 먹을까 고민하지 않아서 좋았다. 그의 식성을 알아가는 것도 재미있었다. 그는 면 종류를 좋아하는 것 같았다. 해물칼국수, 열무냉면, 잔치국수, 유부우동 등을 즐겨 먹었는데, 우동과 잔치국수는 내 입맛에도 잘 맞았다. 그러고 보니 귀국 후 나와 가장 많은 시간을 보낸 사람이 제갈이다. 옆 테이블에 앉아 커피를 홀짝이며 슬쩍슬쩍 그의 얼굴을 훔쳐본다. 엄마의 염려와 달리 그의 얼굴 어디에도 불안, 초조함은 들어 있지 않았다. 다행이다. 때마침 제갈의 휴대폰 벨이 울린다.

"늘 그렇지 뭐. 우포늪에 다녀오려고. 가는 길에 세진마을도 한 번 둘러보고. 지난봄에 다녀왔는데 갑자기 가을 우포가 보고 싶어서."

나는 재빨리 휴대폰을 꺼내 우포늪을 검색했다. 여행마니아들 모두가 죽기 전에 꼭 가봐야 할 국내 여행지로 경남 창녕에 있는 우포늪을 꼽고 있었다. 최대 자연늪지로 전문 사진작가들이 명소로 꼽는 곳인데 새벽안개가 장관이라 했다. 여행 후기마다 생태계의 살아 있는 자연사박물관이라며 극찬이다. 역시, 좋은 일이 생길 것 같던 내 예감은 적중했다. 1억 4천만 년 전에 생긴 늪지라니? 내 머리로는 상상이 안 됐다. 엄마와 떨어져 산 20여 년의 세월도 까마득하기만 한데…… 천 년이든 일억 년이든 시간의 두께는 나에게 있어 크게 중요하지 않았다. 나는 이제 겨우 스물여섯 해의 세월을 살아가고 있을 뿐이다. 우포늪, 어쨌든 기대 이상이 될 것 같아 기분이 들떴다. 제갈보다 먼저 차로 돌아와 그가 출발하기만을 기다렸다.

제갈을 기다리는 시간이 지루하지 않을 정도로 내가 할 일은 많았다. 캡을 벗고 페도라로 바꿔 썼다. 화장을 고치고 난 뒤 엄마에게 보낼 메시지를 작성했다. 일일이 보고할 필요 없다고 했지만 엄밀히 따져 엄마와 나도 일을 할 때만큼은 고용주와 고용인의 관계다. 맡은 바 임무에 충실해야 했다. '오창휴게소. 다음 목적지는 우포늪. 제갈의 바이오리듬 별 ☆☆☆☆.' 작성한 메시지와 함께 휴게소를 배경으로 찍은 사진 두 장을 첨부해 카톡으로 보냈다. 사진은 설명하기 어려운 특별한 장소에 있을 때나 경치 좋은 곳을 만났을 때 보내는 서비스였다. '우포? 그 먼 데까지. 암튼 운전 조심하고. 무슨 일 있으면 전화해.' 곧바로 답장이 왔다. 통감자를 먹고 있는 제갈의 모습을 최대한 줌으로 당겨 몇 컷 더 찍었다.

보이지 않는 그림자가 되어 그의 뒤꽁무니를 따라다니고 있지만 나는 이제 누구보다 이 상황을 즐기고 있다. 내가 해야 할 일이 있다는 게 얼마나 다행인지. 그럼에도 불구하고 가끔은 낯선 곳에 혼자 달랑 남겨진 느낌이 들 때가 있다. 속마음을 털어놓을 친구는커녕 커피 한 잔 같이 마실 사람도 없다. 그때마다 제갈이 곁에 있어 위안이 됐다.

창녕 IC에서 24번 국도로 접어들면서 제갈의 차는 서행을 하기 시작했다. 간간이 나타나는 도로 표지판의 지명을 머릿속에 입력하며 그의 차를 바짝 따라붙었다. 그러나 한참을 달려도 우포늪의 표지판은 만날 수 없었다.

제갈의 차가 멈춘 곳은 야트막한 산을 병풍처럼 두르고 있는 한적한 시골 마을이었다. 마을회관을 지나 제갈의 차에서 멀찍이 떨어진 곳에 차를 대놓고 제갈을 기다리기로 했다. 제갈은 마치 고향동네를 방문한 사람처럼 만나는 사람들마다 알은체를 한다. 시트를 젖혀 몸을 뉘었지만 신경은 온통 제갈을 향해 열려 있다. 긴장이 풀려서인지 자꾸만 눈꺼풀이 내려앉는다. 엄마에게 두 번째 문자메시지를 보냈다. '오늘 많이 늦거나 어쩌면 못 올라갈지도. 어느 시골마을에 잠시 정차.'

아직은 모든 게 서툴고 낯선 것 투성이다. 더구나 도로표지가 없는 시골 길은 혼자 나설 엄두가 나지 않는다. 제갈이 뭔가를 트렁크에 싣는다. 엄마가 운영하는 카페 '세실리아'에 있는 나무함지박과 크기는 달랐지만 모양새가 비슷했다. 생활용품 수집이 취미라고 하더니 오늘 한 건 한 것 같다. 카페 실내 공간엔 생활사박물관이 무색할 정도로 제갈이 직접 발품을 팔아 구입했거나 기증받은 생활용품들이 요소요소에 자리하고 있었다. 돌절구, 둥구미, 다식판, 종다래끼, 장구, 맷돌, 꽃가마 등 모양과 쓰임새가 다른 각양각색의 신기한 물건들이 많았다. 건물 삼층엔 고서와 도자기 등 골동품들이 진열돼 있었는데 개인이 운영하는 전시관치곤 제법 소장 가치가 있는 물건도 있었다. 그래서인지 카페를 찾는 사람들 중엔 골동품 수집가들이 많았다. 엄마를 사장님이라 부르지 않고 관장님이라고 부르는 것도 아마 그 때문인 것 같다.

이모 말대로라면 엄마는 드물게 재혼에 성공한 케이스다. 다섯 살 연하의 초혼남 제갈과 돌싱인 엄마의 결합은 충분히 부러움을 살 만했다. 엄마를 부러워하는 사람 중엔 영국에 사는 이모도 들어 있다.

"다 타고난 복이겠지만 한 뱃속에서 나온 자맨데 생긴 것도 그렇고 어쩜 그렇게 팔자가 다르니. 내 언니지만 참 대단하다는 생각이 들 때가 많아. 연하의 남편을 쥐락펴락하는 것도 그렇고 사업 수완까지. 언닌 어릴 때부터 한 성깔 했지. 욕심도 많고 남한테 지는 거 무지 싫어했거든."

팔자 도둑은 못 한다며 푸념을 하다가도 이모는 금세 엄마를 추켜세우곤 했다. 내가 봐도 두 사람은 외모에서부터 차이가 났다. 그렇지만 나는 이모가 그토록 부러워하는 엄마의 외모를 닮지 않은 것을 다행으로 여겼다. 미인대회 출전 경력이 있는 엄마의 꼴값, 그러니까 얼굴값이 만들어낸 부산물이 바로 나, 이새롬인 것 같아서였다. 얼굴값을 하는 건 엄마 하나로 충분했다. 언저리 인생을 살아본 사람들은 안다. 평범한 삶이 얼마나 축복받은 인생인가를. 엄마가 필요할 때 엄마는 정작 내 곁에 없었다.

어제 저녁 펜션 관리실에 들러 늪으로 가는 코스와 정보를 입수하면서 아주 잠깐 나 혼자만의 여행이어도 좋겠다는 생각을 했다. 혼자 있는 것에 길들여진 나! 밤이 이슥토록 펜션 주위를 서성였다. 아무도 없는 곳에 나 혼자 툭 떨어진 느낌이 들었다. 몸에 밴 외로움의 부스러기들을 밤하늘을 보며 조금씩 토해냈다. 대책 없이 눈물이 고였다. 볼을 타고 흐르는 눈물을 그대로 내버려두었다. '엄마 보고 싶어도 울면 안 돼.' 어린 딸을 멀리 떠나보내면서 절대 해서는 안 될 말이었다. 울고 싶을 땐 그냥 실컷 울게 내버려 두었어야 했다. 그랬다면, 성인이 된 지금 난 엄마를 더 많이 이해했을지도 모른다. 울 줄 모르는 아이는 잘 웃지도 않았다. 늘 감정을 누르며 살다 보니 표현하는 것에도 그만큼 서툴렀다. 대학 합격통지서를 받았을 때도 그랬고 남자친구가 이별을 통보했을 때도 난 울지 않았다. 김포공항에서 그랬던 것처럼…….

여럿이 움직일 때 나는 소란에 잠이 깼다. 어젯밤 늦은 시각까지 수면을 방해하던 그 단체관광객들이었다. 발자국 소리에 뒤섞인 웃음소리가 휴대폰 알람보다 먼저 나를 잠에서 일으켜 세웠다. 캔커피로 목을 축이고 휴대폰을 챙겨 밖으로 나왔다.

나올 때 보니 그가 묵고 있는 '노랑부리방'에도 불이 환하게 들어와 있었다. 제갈도 새벽안개를 보기 위해 채비를 하고 있는 게 분명했다. 늪을 향해 잰걸음을 놓았다. 그동안 늘 그의 뒤꽁무니만 따라다녔는데 오늘 이 새벽만큼은 그를 앞세우고 싶지 않아 먼저 나섰다. 소음을 달고 가는 무리로부터 멀찍이 떨어져 걸었다. 걸음을 떼어 놓을 때마다 발밑을 차고 올라오는 새벽 공기가 상쾌했다. 포르르! 발자국 소리에 놀란 우포의 새벽이 부지런히 생명들을 일으켜 세우고 있었다. 가을은, 생애 단 한 번뿐인 것처럼 즐기라고 했던가. 나는 안개에 싸인 늪의 새벽 풍광을 충분히 즐기고 있었다.

안개에 싸인 늪은 정적 그 자체였다. 바람도 소리 없이 지나가는지 나뭇가지마저 흔들림이 없었다. 액정화면 가득 들어 있는 새벽 우포늪의 슬픔을 놓치지 않고 담아냈다. 순간순간 머릿속이 하얗게 바래지는 느낌이 들면서 등줄기가 서늘했다. 울컥! 퇴적층처럼 가라앉았던 서러움이 끝내 수면 위로 고개를 내민다.

언제 왔는지 제갈의 모습이 시야에 잡힌다. 팔짱을 끼고 우두커니 늪을 향해 서 있는 모습이 마치 한 그루 나무 같다. 배경이 된 새벽안개가 그를 품어 안고 몽환적인 분위를 연출해 내고 있다. 그는 왜 갑자기 엄마 앞에서 말을 아끼는 것일까. 제갈의 속마음을 짚어내는 것이 안개 속 아니, 늪의 깊이를 재는 것만큼이나 어려운 숙제 같았다.

갈래 길에서 조금 떨어진 왕버드나무에 기대어 서서 제갈이 다가오기만을 기다렸다. 하지만 그는 좀처럼 움직일 생각을 않았다. 한쪽 다리를 들고 서 있는 왜가리처럼 미동 없이 늪을 바라보고 서 있다. 그러고 보니 늪은 모든 것을 멈추게 하는 재주가 있는 것 같다. 제갈도, 나도, 나무도, 물도, 바람도 잠시 소용돌이를 비껴 숨을 죽이고 있다. 그렇게 얼마를 지났을까. 나는 지나치는 그를 불러 세웠다.

"사진 한 장 부탁드려도 될까요?"

"……."

"저기요! 제……."

지나치는 그를 향해 목청을 높였다. 하마터면 그의 이름을 부를 뻔했다. 걸음을 멈춘 그가 주위를 한 번 둘러보더니 내 쪽으로 다가온다.

"사진 좀……. 우포늪의 새벽 정말 상상 이상이네요. 안개가 너무 환상적이죠."

묻지도 않는 말을 주워섬기며 제갈에게 휴대폰을 내밀었다. 그리고 싫다는 제갈을 반강제로 세워놓고 늪을 배경으로 버튼을 눌렀다. 그중 몇 장은 엄마에게 전송될 거였다.

느린 걸음으로 늪을 끼고 걸었다. 단답이었지만 대화는 계속 이어졌다. 한 번 말문을 튼 제갈은 이미 나를 알고 있던 사람처럼 많은 이야기를 쏟아냈다. 날은 점점 밝아 오고 늪을 찾은 사람들의 움직임도 활발해졌다. 여기저기서 카메라 셔터 누르는 소리가 들렸다.

우포를 다녀온 후에도 나는 여전히 제갈을 그림자처럼 따라다녔다. 달라진 것이 있다면 미행자에서 말동무로 입장이 바뀌었다는 것. 제갈과 함께 유명 맛집을 순례하고 유적지를 탐방하며 많은 시간을 함께 보냈다. 정작 말동무가 필요한 사람은 나였는지도 모른다. 서툴고 낯설던 한국의 문화와 정서를 제갈을 만나면서 빠르게 알아갔다. 엄마에게 보고하는 횟수는 점점 줄어들었다. 두 사람의 비밀은 그렇게 만들어졌다. 미안했다, 엄마에게. 하지만 비밀은 엄마가 먼저 만들었다. 여섯 살배기 어린 나를 고아 아닌 고아를 만들면서까지.

제갈을 만나면서 얻은 가장 큰 수확은 내 엄마를 알아가는 일이었다. 다행히 그는 내가 묻지 않아도 많은 이야기를 쏟아냈다.

"집사람을 만난 건 비행기 안에서였어요. 시쳇말로 한눈에 뿅 갔죠. 내 사람으로 만들기 위해 물불 안 가리고 매달렸어요. 나보다 다섯 살이나 많은 노처녀였는데 어찌나 콧대가 세던지. 가지고 있던 부동산을 모두 아내 이름으로 명의변경 해주고 애를 안 낳는 조건으로 결혼에 골인했지요. 사랑을 하면 눈이 먼다잖아요. 아마 그런 걸 두고 미친 사랑이라고 하나 봐요."

제갈이 말을 하다 말고 클클거리며 웃는다. 이야기를 듣고 보니 엄마가 왜 어린 나를 이모에게 보낼 수밖에 없었는지, 왜 지금도 제갈 앞에 나를 내세울 수 없는지 알 것도 같았다.

"미인 아내를 얻으려면 그만한 노력과 대가는 치르셔야죠.

혹시 그 결정에 후회는 없으신가요?"

"후회요? 그런 거 없어요. 그럼에도 불구하고 요즘 들어 뭔가 자꾸만 허전하네요. 남자도 갱년기가 있다고 하더니 점점 사는 재미는 줄고 쓸데없는 걱정만 늘어가요. 건강도 그렇고 매사 자신이 없네요. 그동안 뭐했나 싶기도 하고. 8년 된 자동차 한 대가 내 재산 전부라면 믿겠어요. 그래서인지 가끔 집사람에게 쫓겨나는 꿈을 다 꾼다니까요."

"설마요. 피해망상일 거예요."

의식 한구석을 차지하고 있던 오기가 꿈틀댔다. 잠시 틈을 두었다가 덧붙였다.

"하지만 느닷없이 있을 수 없는 일이 일어나기도 하잖아요. 제가 그랬거든요."

제갈이 이마에 깊은 주름을 긋는다. 나는 재빨리 분위기를 바꿨다.

"선생님! 우리 가까운 곳으로 바람 쐬러 가요. 오늘은 제가 한턱 쏠게요. 아이스아메리카노 그리고 통감자 어때요?"

"통감자 좋죠. 내가 통감자 좋아하는 걸 어떻게 알았어요?"

"글쎄요."

"암튼 나갑시다. 어딜 가서 무얼 먹든 그건 가면서 생각해 보자구요."

제갈이 앞장섰다. 출발하기 전 엄마에게 문자를 넣었다. '지금 커피 마시는 중. 오늘따라 많이 피곤해 보이네요.' 메시지 내용을 가불해 보내고 그의 차에 올랐다. 어쩌면 제갈의 이름을 빌려 내 얘기를 하고 있는지도 몰랐다. 어차피 엄마가 확인할 것도 아닌데, 커피를 십 분 후에 마시든 통감자를 한 시간 후에 먹든 상관없는 일이었다. '알았어. 주말이라 그런지 바쁘네. 나도 피곤해.' 곧바로 답장이 날아왔다.

두 계절을 거치는 동안 이유야 어찌됐든 나는 제갈의 그림자로 살았다. 한 발 들여놓으니 늪에 빠진 것처럼 헤어나기가 쉽지 않다. 거리를 두어야겠다고 마음먹지만 생각뿐이다. 머무를 수도 떠날 수도 없다. 닿을 수 없는 사랑, 바라보기만 해야 하는 사람도 있다더니 지금 내가 그렇다.

"요즘 그이 표정이 많이 밝아졌어. 말수도 늘고. 다 새롬이니 덕분이야."

뜨끔했다. 통화를 하는 내내 엄마는 제갈 이야기만 한다. 내가 끝까지 비밀을 지킬 수 있을지도 의문이다. 제갈을 따로 만나고 있는 걸 엄마가 알면? 시간이 지날수록 엄마에게도 제갈에게도 죄가 쌓이는 느낌이다. 갑자기 이모가 보고 싶다. 엄마보다 더 엄마 같은 사람. 불행인지 다행인지 이제 나를 챙겨주는 사람이 하나 더 늘었다. 언제부턴가 그는 엄마보다 더 나를 챙겨준다. 나에 대해 엄마보다 더 많이 안다. 커피에 설탕을 몇 스푼 넣는지 기분이 좋을 땐 무슨 음악을 듣는지 즐겨먹는 음식이 무엇인지.

무작정 차를 몰고 나섰다. 오늘은 마음 가는 대로 핸들을 움직여 볼 참이다. 비가 와서 그런지 거리는 한산했다. 차를 세워놓고 고스란히 비를 맞으며 걸어도 좋겠다는 생각을 했다. 매너모드로 전환된 휴대폰이 진저리를 치듯 부르르 떤다. 제갈이다.

"뭐해요?"

"바람 좀 쐴까하고 나왔어요."

"비도 오는데, 지금 어디에요?"

"어딘지는 잘 모르겠고 전등사, 마니산 안내 표지판이 보이네요."

"알았어. 내가 지금 그쪽으로 갈 테니까 기다려. 도착해서 전화할게."

전화기 너머로 제갈의 들뜬 목소리가 들린다. 가까워졌다는 친근감의 표시인가, 이젠 자연스럽게 말을 놓는다.

제갈이 칼국수 그릇에서 조갯살을 골라 연신 내 접시에 올려놓는다. 누구에게도 받아보지 못한 친절이다. 더구나 오늘은 내 생일이다.

"영국에 있을 땐 이모가 꼬박꼬박 챙겨줬는데, 엄마는 오늘이 무슨 날인지도 모르는 것 같아요. 이 시간까지 아무런 얘기가 없는 걸 보면."

"아니 그걸 왜 이제야 말해. 진즉 알았으면 근사한 곳에 가서 멋진 생일파티를 해줬을 텐데. 지금도 늦지 않았어. 오늘은 새롬이를 위해 남은 시간 몽땅 투자할게."

"됐어요. 술이나 한 잔 따라주세요. 스물여섯 번째 생일을 선생님과 함께 보낼 수 있어 기뻐요."

고맙다는 말은 끝내 하지 않았다. 하지만, 진심으로 고마웠다. 아주 잠깐 제갈이 계부가 아니었으면 좋겠다는 생각을 했다. 해물칼국수 집에서 나와 비 오는 들판을 걸었다. 근처 편의점에서 우산을 하나 샀지만 비를 가리지는 못했다. 제갈이 쑥부쟁이를 꺾어 내민다. 비를 맞아 물기를 머금은 꽃잎에 가만 입술을 대보았다. 비에 씻긴 향기가 은은해서 슬프다. 찌르르 가슴을 관통하는 통증, 기억의 부활, 까만 구두코에 붙어 있던 빨간 리본! 눈물이 핑 돈다. 나는 재빨리 우산 속을 벗어나 제갈을 앞질러 걸었다.

이제 그만 이 터무니없는 아르바이트를 끝내야 할 것 같다. 요즘 그이 표정이 많이 밝아졌어. 말수도 늘고. 전화선을 타고 들려오던 엄마의 안도가 더욱 나를 코너로 몰고 갔다. 휴대폰을 열어 전화번호를 눌렀다.

"엄마! 나 이모한테 좀 다녀올게요."

"온 지 얼마나 됐다고. 이모더러 다녀가라고 하면 안 되냐?"

"아뇨. 제가 다녀오는 게 좋을 것 같아요. 정리할 것도 있고 겸사겸사."

"고집 센 건 꼭 날 닮았다니까. 그나저나 그이가 걱정이네."

비록 전화기를 통해서였지만, 여섯 살 이후 나는 처음으로 엄마를 소리 내어 불렀다. 그러나 거기까지였다. 엄마의 관심 대상은 역시 제갈이었다. 나는 아직도 순위에서 밀리고 있는 게 분명했다. 통장을 열어 잔액을 확인해 본다. 엄마에게 손을 내밀지 않아도 영국행 비행기를 탈 수 있을 것 같다.

엄마한테 자동차 키를 반납하려고 현관문을 나서는데 언제 왔는지 제갈이 문 앞에 서 있다. 손에는 까만 비닐봉지가 들려 있다. 군고구마 냄새가 나는 것도 같다. 현관문을 사이에 두고 제갈과 나는 한참을 그렇게 서로 얼굴만 바라보았다.

해설

종점의 사람들

- 정이수 소설집 『2번 종점』

1.

소설은 우리의 현실을 반영하고 재구성하는 작업이다. 그 과정에서 작가는 현실을 회의하고 언어의 불투명성과 한계에 주목하면서 현실을 상투성의 즉자적 상태로부터 새롭게 파악해보려고 안간힘을 다한다. 그런데 그런 상투성의 장애를 피해 현실을 파악하고 제정의 하는 일은 사실 버겁다. 그래서 그런지 요즘 소설들은 자극적이거나 기이하며 몽롱하다. 또한 위선의 진실과 헛된 위안이 뒤엉킨 환각의 신기루로 충만하다. 그렇게 쓰지 않으면 읽히지 않고, 읽히지 않는 소설을 작가들은 쓰려고 하지 않는다. 하지만 정이수 작가의 소설에서는 그런 것을 찾아볼 수 없을 뿐만 아니라 현란하게 뽐내는 장식적이며 수사적인 문체도 없다. 우리의 대리만족을 채워줄 오락성을 찾아보기도 힘들다.

그 이유는 그가 소설의 진정성을 알고 있기 때문이다. 그는 자신이 알고 있고 믿고 있는 것들을 마음으로 쓰고 있다. 장난기 없이 정색을 한 그의 소설은 그래서 귀하다. 여기서 귀하다는 것은 어떤 희소성을 말하는 게 아니다. 그가 진정성 있게 우리에게 내보이고 있는 것이 삶을 견디고 살아가는 사람들 가운데서도 특히 다양한 이유와 고난으로 인생의 종점에 서 있는 사람들이라서 더욱 눈물겹다. 종점에서의 삶을 견디는 그들이 바로 지금, 우리 앞에 놓인 소중한 거울이자 현실인 것이다. 또한 우리가 외면하지 말아야 할 우리의 자화상이기도 하다.

종점의 삶이란 무엇인가? 어디로부터 돌아오는 길이거나 아니면 어디로 갈지 몰라 막연하게 두리번거리고 있다는 말이다. 그런 사람을 만나기 위해서는 자신 역시 종점에 있어야 한다. 그런 점에서는 작가는 늘 종점에 있다. 그런데 정이수 작가의 종점이란 일반적인 종점과는 그 의미가 다르다. 길이 끝나는 종점이 아니다. 그의 종점은 '목적지를 향해 가다가 잠시 들른 간이역 같은 곳, 운행 중인 버스가 잠시 쉬었다가 5분 간격으로 돌아나가는 곳, 그럼에도 뭔가 정체된 느낌이 드는 곳이'다. 그런 까닭에 정이수 작가의 발걸음은 늘 종점을 떠나지 않는다.

『2번 종점』에서 정이수 작가가 우리에게 보여주는 군상들의 속내는 종점을 기웃거리는 고단하고 가여운 인생들의 상처 입은 속내이다. 상처 입은 사람들의 이야기를 그들에게서 들을 수 있을 사람은 그들에게 자신의 삶을 드러내 상처가 여물지도 않은 속내를 이야기할 수 있어야 하는데 정이수 작가가 바로 그렇다.

종점의 시간이 온통 삶 자체인 사람들은 서로를 더 잘 알아보는 법이다. 너무 잘 알아서 짐짓 피하기도 하고 자신은 어디론가 갈 것처럼 의뭉을 떨기도 한다. 그들에게 '종점'이란 길 위에서의 삶을 살아가는 지금 그럴 수밖에 없는 고단한 사람들의 '간이역' 같은 곳이다. 그래서 종점에 서 있는 그들의 삶은 언제나 현재적이고 진행형이다. 그것은 그들의 삶이 미지의 어떤 것, 예전의 어떤 것, 혹은 아직 오지 않은 시간에 존재하는 것이 아님을 의미한다. 그래서 그들의 삶은 특별히 극적이지 않고 일상적이면서도 여전히 불투명하며 스산하고 안정적이지 못하다.

정이수 작가는 이런 그들을 담담하게 그러나 속울음을 울면서 보여주고 있다. 그들이 비명을 지르거나 혹은 지르게 하지 않는다. 이것은 그의 소설의 인물들과 소설을 보는 독자에게 동시에 해당하는 말이다. 그 누구도 비명을 지르지 않는다. 그

246

저 속울음을 삼키고 있을 따름이다. 안개 속에서 잃어버린 사랑하는 남자를 이십 년 동안이나 가슴에 묻고 살아온 「타임 아웃」의 여자, 구제역으로 삶의 마지막 끈조차 끊어져버린 「까망이」의 남자, 농아인 연인의 갑작스러운 자살을 감당해야하는 「손바닥 노트」의 남자, 강풍에 관한 트라우마 때문에 결국 죽음으로 헤어지고 마는 「바람의 지도」 부부, 사고로 자신이 가진 모든 것을 빼앗기고 오직 남편만을 기다리는 「외딴집」의 여자, 인생의 추락이 무엇인가를 여실하게 보여주는 「2번 종점」의 환경미화원 남자, 스스로 자궁적출수술을 하고도 입양을 생각하는 「아내의 서랍」의 여자, 개 주제에 개판이 따로 없다고 흥분하는 「견생 스케치」의 황구, 「조용한 골목」의 시끄러운 골목 사람들, 「엄마의 남자」를 사랑하는 딸. 정이수 작가는 각자의 종점에서 배회하는 이들의 속내를 담담한 듯 그러나 속울음을 울면서 우리에게 고스란히 드러내면서도 극적이지 않게 보여주고 있다.

『2번 종점』에서 정이수 작가는 종점 사람들의 삶을 언제나 현재적이면서도 동지적으로 바라보고 있다. 그런 시선을 가능케 하는 진실성 있기 때문이다. 그것은 작가의 큰 미덕이다. 그래서 고맙고 안쓰럽다. 이제 정이수 작가가 그려낸 삶의 종점 속으로 들어가 보도록 하자.

2.

작가의 등단작인 「타임 아웃」은 안개 속에서 사랑하는 남자를 잃어버리고 오랜 세월 가슴에 묻고 살아온 여자의 이야기이다. 두 달 남은 이혼조정 기간에 탈출구가 필요하던 여자는 친구의 제안으로 아일랜드로 떠난 여행에서 멈춰버린 중고시계를 구입하고, 안개 낀 모허 절벽의 사진을 찍는데 액정 안으로 남자의 파사체가 들어온다. 그 피사체는 실체와 상관없이 흘러가는 그림자의 시간을 느끼게 할 뿐 아니라 대부분의 시간을 혼자 보내는 여자에게 그의 기척을 항상 느끼게 하는 것으로 작용한다. 그 피사체는 여자와 함께 사진을 찍으러 갔다가 중도의 안개 속에서 시체로 발견된 k였다. 그 후 이십여 년 동안 여자는 그의 피사체에 사로잡혀 온전한 자기로 살 수 없었다.

작가의 등단작이기도 한 이 작품은 인간이 얼마만큼이나 자신을 운명에 결박당한 존재로 느끼는 것인가에 대한 오래된 비극의 인식을 '안개'와 '멈춰버린 시계'를 통해 존재적 실감으로 잘 나타내고 있다. '사진의 성패는 찰나의 순간포착이다. 대상 선정과 구도와 노출 그리고 셔터를 누르는 손끝에서 걸작이 태어난다'는 문장을 통해 우리는 인생에서 견딤의 기품을 여과 없이 드러내는 '타임 아웃' 순간을 목격할 수 있다.

「까망이」는 구제역 발생으로 결국 기르던 돼지를 살 처분해야 하는 현장을 생생하게 전달하고 있다. 베트남 여자인 아내는 혼자 아이를 낳다가 과다 출혈로 숨을 거두었다. 경운기 사고로 한꺼번에 부모를 잃는 나는 또다시 아내와 아이를 한꺼번에 잃었다. 겨우 그 힘든 시기를 견뎠는데 이번에는 구제역이 내 앞을 가로막는다. 그 와중에 까망이가 새끼를 낳았지만 살 처분을 위해 모든 돼지들을 싣고 간다. 텅 빈 축사에서 뜻밖에도 새끼 돼지들을 발견한 나는 가슴에 품는다. 절망 속에서도 따뜻한 온기를 느끼는 이 소설은 산다는 게 고통스럽지만 그럼에도 우리를 살게 하는 무언가가 있다는 것을 생각하게 한다. 그 숱한 불운 앞에서 내가 할 수 있는 것은 받아들이는 것뿐이다. 마침내 터져 나온 나의 울음이 이 무서운 진실을 웅변해주고 있다.

「손바닥 노트」는 말하지 못하고 듣지 못하는 여자가 느끼는 장애의 고통을 '누드'와 '손바닥 노트'라는 대비를 통해 잘 형상화한 작품이다. 두 사람은 서로의 고통을 나누고 짊어지는 방식으로 뜨겁게 몸의 대화를 나눈다. 그 대화가 흔히 우리가 사랑이라고 부르는 것이고, 그 대화 안에서 모종의 희열도 생성되었으리라. 하지만 소설의 배면에서 희미하게 어른거리는 결핍에 대한 세상의 무심함이 묘한 아이러니로 다가온다. 특히 여자의 자살 앞에서는…… 그녀가 살던 집의 거실과 안방을 둘러보는 남자의 등짝에 매달리는 '스치면 인연, 스며들면 사랑이래. 나도 스며들고 싶어, 간절히……' 하는 메시지가 오래도록 여운이 남는다.

따지고 보면 전혀 다른 이력의 두 사람은 고통 때문에, 고통으로 인해 결속되었지만 이 세상에서 한결같이 지속되는 사랑이 가능하지 않다는 것을 미리 알았던 것일까? 인간존재의 고통스러운 맨몸을 상징하는 누드의 전경화가 인상 짙다.

「바람의 지도」는 참담한 남자의 이야기이다. 민연수가 여행에서 돌아오니 남편이 죽었다. 분노조절장애인인 남편은 특히 바람이 강하게 부는 날에는 불안증세가 더욱 심해져 그녀에게 화를 내곤 했다. 남편에게는 강풍에 대한 트라우마가 있다. 그의 엄마가 자살하던 날 바람이 심하게 불었고, 사랑하던 여자는 바람에 뒤집어진 우산을 바로잡으려다가 교통사고로 죽었으며, 제주도 신혼여행에서 아내의 전 남자친구 메시지를 본 것도 강풍이 불던 날이다. 그것이 남편의 영혼을 좀먹고 결혼생활의 치명타가 되었고 결국 별거를 하다가 스스로 목숨을 끊었다.

　남자는 아내에 대한 자신의 잘못을 돌이키는 것을 죽음으로 대신한다. 하지만 여전히 남아있는 참담한 현실은 자신의 아내를 조금도 달래지 못했다는 사실이다. 설혹 그것이 죽음일지라도 결과를 바꾸지 못한다는 사실을 그대로 서술하는 정직함이 돋보인다. 고통의 극한지대에서도 인간의 이름으로 진행되는 남자의 현실이 공감의 자장 바깥에서 아프게 가슴을 찌른다.

　「외딴집」에서는 사고로 생물학적인 몸의 기능을 잃은 여자의 살아있음의 무력함이, 그리고 그 굴레에서 일어나고 싶어하는 운명의 모습을 본다. 병원에서 퇴원한 나를 낯선 외딴집으로 데려온 남편은 공기 좋은 곳에 별장을 마련하고 입주도우미를 둔 것은 모두 나를 위한 것이라고 생색을 내고 일주일에 한 번씩 온다. 어떤 경우에도 나는 남편을 의심하지 않는다. 사고 전에도 그랬고 병원에 입원해 있을 때도 그랬다. 하지만 외딴집으로 오고 난 후부터는 이유 없이 초조하고 불안하다. 혹시 남편에게 여자가 생겼나 싶기도 하다. 몸이 기억한다는 시를 들으며 나는 잃어버린 몸의 기억을 찾을 수만 있다면 제일 먼저 몸으로 남편의 사랑을 확인하고 싶다. 사고 후 멈춰버린 몸의 감각을 느껴보고 싶다. 이런 감정이 시를 읽어주는 남자의 출현으로만 돌릴 일도 아니다. 생각해보면 인생 그 자체가 불연속선의 욕망 덩어리이기 때문이다. 어쩌면 그런 면에서 우리가 사랑이라고 부르는 것이 만일 있다면, 이 같은 몸의 고통의 지지와 버팀으로 가능하다고 말할 수 있으리라.

표제작인 「2번 종점」은 신분이 해체되고 가족이 붕괴된 사회적 유대의 공백인 달동네에서 살아가는 도시 난민들의 생활상이 직접적으로 피부에 와 닿고 있다. 결코 쉽지는 않지만 먹고사는 문제를 해결의 지평에 두려는 화자의 고투는 적잖은 공감을 불러일으킨다. 공동체 사람에 대한 관계의 희망과 삶의 가능성을 믿고자 하는 그의 마음과 태도는 작품에 적지 않은 온기를 부여한다. 가구공장 사장에서 구청의 환경미화원이 된 화자는 하필이면 담당 구역이 자신이 살고 있는 2번 종점이다. 고물상 강 씨와 졸부 박종섭 씨, 그리고 식당을 하는 명순 씨, 가구공장 사장의 사모님 시절을 잊지 못하는 아내, 형의 고시 뒷바지로 인생을 종친 친구 정길은 하나같이 회복하기 힘든 상처를 안고 관계로부터 튕겨 나와 종점을 배회하고 있지만 그 상처의 치유 가능성을 끝까지 열어두고 싶은, 혹은 열어두어야 하는 작가의 절박함이 느껴지는 작품이다.

> 목적지를 향해 가다가 잠시 들른 간이역 같은 곳, 운
> 행 중인 버스가 잠시 쉬었다가 5분 간격으로 돌아나
> 가는 곳, 그럼에도 뭔가 정체된 느낌이 드는 곳이다.

이 말처럼 이 소설을 잘 드러낼 수 있을까 싶다. 이 소설은 종점이기는 하지만 잠시 쉬었다가 다시 돌아가면서도 뭔가 정체된 느낌이 드는 인생들의 이야기이다.

「아내의 서랍」은 스스로 자궁적출의 고통을 극한으로 몰고 가는 여자를 보여주는데 거기에는 입양이라는 견딤의 또 다른 극한이 있다. 결혼 초부터 아이 때문에 아내와 불화한 인섭은 불량 콘돔을 만들어 아이를 갖는 데 성공하지만 아내가 임신중독증으로 유산을 한다. 유산 후유증에 우울증이 겹친 아내는 생리 때만 되면 도벽이 생겨 얼마나 경찰서를 들락거렸는지 모른다. 도벽이 좀 나아진 아내는 이번에는 걸핏하면 집을 나가 며칠이 지나도 돌아오지 않는다. 아내의 서랍에서 발견한 노트북에서 아내가 생리 때만 생기는 도벽을 막기 위해 자궁적출수술을 했고 입양을 생각하고 있다는 사실을 발견한다. '자궁적출'과 '입양'이라는 오해와 필연을 공동으로 품고 있는 부부의 간극을 이야기하면서도 인간에 대한 믿음을 놓치지 않고 있는 이 소설은 우리에게 인간다움에 관해 진지하게 묻고 있다.

황구(개)가 화자인 「견생 스케치」는 유기견 유순이와 묘지
공원에 묻힌 해피의 형상이 마치 인간사를 보는 것처럼 흥미롭
다. 주인 두주 씨의 가정사를 통해 우리 인생의 다난한 면을 보
여주고 있다. 주인이 회사를 차지하려고 회장과 싸우는 모습을
지켜보던 황구가 '서로 물고 뜯고 모함하는 인간 군상들의 짓
거리를 들여다보고 있자니 멀미가 났다. 시쳇말로 개판이 따로
없었다. 하긴 개만도 못한 인간들이 얼마나 많은가?' 하고 중얼
거리는 말이 인간의 폐부를 아프게 찌른다. 개의 눈에 가혹할
정도로 축소된 인간의 세계와 마주하면서, 속물적 도덕성의 해
이와 자기기만에 대한 삼엄하고 가차 없는 경고로 읽히는 작품
이다.

「조용한 골목」은 골목 하나를 두고 일어난 사람살이의 진면
목을 보여주고 있는 작품이다. 파란 대문 집 할아버지와 싸우
던 하나슈퍼마켓 여자가 분에 못 이겨 3층에서 몸을 던진 후에
일어나는 일들은 가히 우리가 늘 옆에서 보아오던 일상이다.
한 겹만 헤집고 들어가면 저마다 사연을 가진 인간들이 모여
사는 골목 안이 조용한 것은 어쩌면 거짓말이다. 골목이 조용
하다는 것은 골목의 기능을 상실한 것이다. 악을 쓰고, 싸우고,

욕을 하고, 노래도 부르고, 술주정도 하는 게 골목일 것이다. 그런데 제목이 조용한 골목이다. 역설이다. 다음과 같은 CCTV 의 언급도 역시 멋진 역설이다.

노상방뇨, 쓰레기 불법투기범을 잡겠다고 자비를 들여 설치한 CCTV, 여자는 결국 자기가 쳐놓은 덫에 자기가 걸린 꼴이 됐다. 이웃집 노인을 폭행한 여자의 모습이 폐쇄회로에 그대로 담겨 있을 테니 할아버지가 폭행죄로 고소를 하면 빼도 박도 못할 터였다.

그런데 문제는 한 골목에서 살아가는 사람들이 타인에 대한 감정을 회복할 계기가 그들 자신의 노력과 함께 어떻게 주어지는가 하는 것이다. 그런 점에서 「조용한 골목」은 얼마만큼 그 공간 자체만으로도 제 몫을 해내고 있다. 이 골목의 인물들은 다들 커다란 상처를 입고 관계로부터 찢겨졌지만 희미하게나마 유대감 복원의 회복을 바라고 있다. 그것은 이 작품이 인간성의 또 다른 얼굴인 공포와, 사람살이의 착잡하고 복잡한 국면들을 정직하게 대면하고 있기 때문이다.

「엄마의 남자」는 새아버지를 미행하는 딸의 모습이 어떤 한계의 수용과 견딤으로 나타나는데 그것이 곧 변화이기도 하다는 사실을 명징한 상징으로 일깨워주고 있다. 부동산 재벌이고 다섯 살 연하인 새아버지의 일거수일투족을 어머니는 알고 싶어 한다. 믿지 못하겠다는 것이다. 여섯 살 때 엄마가 재혼하는데 걸림돌이 된다고 영국 이모에게 보내진 나는 스무 살이 넘어서야 귀국했지만 엄마를 엄마라고 부르지 않는다. 엄마의 부탁으로 미행하던 새아버지와 우포늪에서 이야기를 나누게 된 후로 미행이 아니라 직접 얼굴을 맞대고 만나오던 딸은 아르바이트를 그만두어야겠다고 생각한다. 다음과 같은 감정이 그녀의 몸을 옥죄어 오기 때문이다.

> 두 계절을 거치는 동안 이유야 어쨌든 나는 제갈의 그림자로 살았다. 한 발 들여놓았으니 늪에 빠진 것처럼 헤어나기가 쉽지 않다. 거리를 두어야겠다고 마음먹지만 생각뿐이다. 머무를 수도 떠날 수도 없다. 닿을 수 없는 사랑, 바라보기만 해야 하는 사람도 있다더니 지금 내가 그렇다.

좀처럼 풀기 어려운 인간사의 미묘한 질문과 그 뒤틀린 아이러니가 내부의 얼굴로 떠도는 작품이다.

3.

　작가가 어떤 이야기를 써도 결국은 희미하게든 명징하게든 수렴되는 지점이 있다. 그 지점들을 모아보면 의식적이든 무의식적이든 작가가 추구하는 소설의 원형을 찾아볼 수 있다. 위에서 살펴본 정이수 작가의 소설 주인공들은 하나같이 힘겨운 일상을 살아가며 종점을 맴도는 사람들이다. 그들은 개인적인 아픔을 지닌 채 힘겹게 살아가거나 혹은 그 싸움에 패배하거나 지쳐서 냉정한 도시의 어느 종점인가를 떠돌고 있다. 그럼에도 그들은 자기 주변의 사람들을 외면하지 않는다. 아니 사실은 외면하고 싶지만 그들은 생래적으로 그렇게 하지 못한다. 그래서 안타까우면서도 연민이 앞선다. 그것이 정이수 작가의 소설이 추구하는 현실적인 힘이다.

　그런데 종점을 떠도는 인물들 사이에는 차이가 있지만 어느 정도의 거리가 있는데 그것은 작가와의 거리에서 출발한다. 『2번 종점』의 소설 가운데 1인칭 시점의 소설에서는 별 볼일 없는 종점의 사람이라는 점에서는 같지만 '나'의 시선과 인식을 통해 전이되는 다른 인물을 보여주고 있다. 그것은 3인칭 소설에서도 마찬가지로 작용하고 있다. 작가는 이처럼 '나'를 통해 안타까운 삶을 안타깝게 보는 또 다른 안타까운 인간을 안타깝게 볼 줄 아는 것이다. 우리가 무엇을 본다는 것은 우선은 거리를 전제로 하지만, 여기서 무엇을 본다는 것은 자신을 본다는 것에 다름 아니다.

정이수 작가의 소설에서는 주인공과 주변 인물들 사이의 거리가 종종 작가와 나(주인공)의 거리가 무화되면서 작가와 인물들 사이의 거리로 환원되는 경우가 많은데 그것이 곧 작가의 인식이 확장되는 바로 그 지점인 것이다. 그런 작가의 인식을 바탕으로 주변으로 확장되는 공감과 동지적 유대의식이 만들어지게 된다. 그 결과 정이수 작가의 소설은 진정성을 가진 휴머니티 소설로 읽히는 것이다.

정이수 작가의 소설은 종점을 맴도는 인간들의 존엄과 가치를 제대로 보아내는 따뜻한 시선과, 그들이 결코 흩어져 소외되어서는 안 된다는 유대감을 바닥에 지니고 있다. 그것은 삶 자체가 파탄 나고 몸과 마음이 지치고 외롭고 추워도, 자기와 같이 종점을 맴도는 인간들을 마음에 담고 있기 때문이다.

그 결과 『2번 종점』은 고통스러워하는 종점의 사람들에 대한 스스로의 정체 모를 관심을 자각하고 그것을 자학과 모멸을 넘어 자기애로 발전시켜나가고 있다. 이런 인물들의 모습에 대한 작가의 치밀하고도 생생한 포착과 표현은 놀랄만한 사실성과 진정성을 갖고 있다. 그런 작가적 태도가 종점을 맴도는 인간들의 동지적 유대로, 때론 인간에 대한 존엄으로, 때론 세상에 대한 적극적인 태도로 확장되고 있음을 볼 수 있다.

『2번 종점』은 종점 사람들의 너무도 생생한 사연이 가슴으로 읽힌다. 힘겹게 인생의 종점을 맴돌면서도 다른 안타깝고 가여운 사람들의 사연을 마음에 품고 외면하지 못하는 영혼들을 만나게 된다. 그래서 그들이 불행의 터널을 지나 새로운 희망과 의지가 빛나는 밝은 곳으로 당당하게 걸어나갈 수 있기를 바라게 된다. 그런데 그들은 바라고 소망하는 것 이상으로 밀고 나가지 못한다. 종점을 벗어나지 못하고 그 주변을 빙빙 돌고 있을 따름이다. 그들의 불행이나 아픔은 단지 그들 개개인의 사적 불행에 불과하며 어떤 사회적인 진단이 불가능해 보인다. 마음과 감정으로만 종점의 인간들이 더 이상 아프지 말고 외로워 말고 다시 사랑하며 환한 웃음을 되찾기를 바라는 것 이상으로 할 것이 없다. 그것은 우리가 바라는 것과 달리 앞으로도 이 세상에서 살아가기 힘들 것이라는 어두운 예감과 짝을 이루는 양극의 감정이다.

바로 이 지점이 정이수 작가의 첫 창작집 『2번 종점』이 갖고 있는 한계라기보다는 오히려 강점이기 때문에 그의 소설이 앞으로 나아가야 할 분명한 지향점이 있음을 역설적으로 보여주고 있다. 왜냐하면 『2번 종점』이 성취하고 있는 지점은 바로 종점의 인간들이 모여 있는 현장을 작가가 마음으로 쓰고 있다는 것이다. 그 이상은 당장 정이수 작가가 감당하거나 채워야 할 몫은 아니다. 종점을 맴도는 인간들의 불행이 어디서 연유하고, 누가 그 불행을 함께 감당해야 하며, 그것을 치유하거나 극복하는 것은 누가 어떻게 해야 하는 것인가에 대한 사회적 맥락을 짚어가는 작품은 앞으로 정이수 작가가 성취해야 할 숙제이기 때문이다. 작가가 그 과제를 충분히 감당할 수 있다는 것을 보여주는 것이 바로 그의 첫 창작집 『2번 종점』이다.

작가의 말

미안하다. 소설에게 그리고 나에게. 많이.

실오라기 하나 걸치지 않고서도 무대 위에서 당당하게 자신을 표현하는 전라의 무희, 카메라 앞을 휘젓고 다니던 소리, 그런데 왜 나는 겹겹이 껴입고서도 민낯을 보이는 것처럼 여전히 부끄럽고 숨고 싶은 것일까? 부끄러워, 죽을 만큼 부끄러워서 나는 그예 컴퓨터 안으로 숨어들었다. 그렇게 여름과 가을, 두 계절을 보내는 동안 나는 은둔형 외톨이였다.

누군가는 말했다. 아는 만큼 보이고 아는 만큼 쓴다고……. 그런데 난 잘 알지도 못하면서 겁 없이 들이댔다. 고질병처럼 지치지도 않고 따라다니는 앎의 갈증, 아이러니컬하게도 그것이 나를 일으켜 세웠다. 자존심의 한판승이다.

사기를 친 것이다. 허가받은 사기꾼! 치매에 붙들려 요양원에 계신 아흔네 살 늙은 아기에게는 아직 비밀이다. 제 몫을 다 하지 못하고 흉내만 내는 것 같아서.

사기꾼의 피를 물려주신 어머니! 당신을 사랑합니다. 맑은 정신으로 돌아와 딸의 이름을 한 번만 불러주세요. 울지 않을 자신 있으니…….

대기만성이라는 응원의 말에 위안을 받는다. 문학평론가 경인교육대학교 문광영 교수님은 정이수의 소설에는 돈과 술, 사랑 냄새가 단골 메뉴처럼 진동한다고 했다. 세상을 살아가면서 누군들 돈과 술 사랑을 빼놓고 얘기할 수 있을까? 나는 계속 노래할 것이다. 쉼 없이 자판기를 두들겨댈 것이다. 돈과 술 그리고 사랑을 위해.

소설 동아리 〈소주 한 병〉이라고 쓰고 '도반'이라고 읽는다. '영원'이라고 읽어도 좋겠다.

2016년 늦가을

정이수